講談社文庫

告解

薬丸 岳

講談社

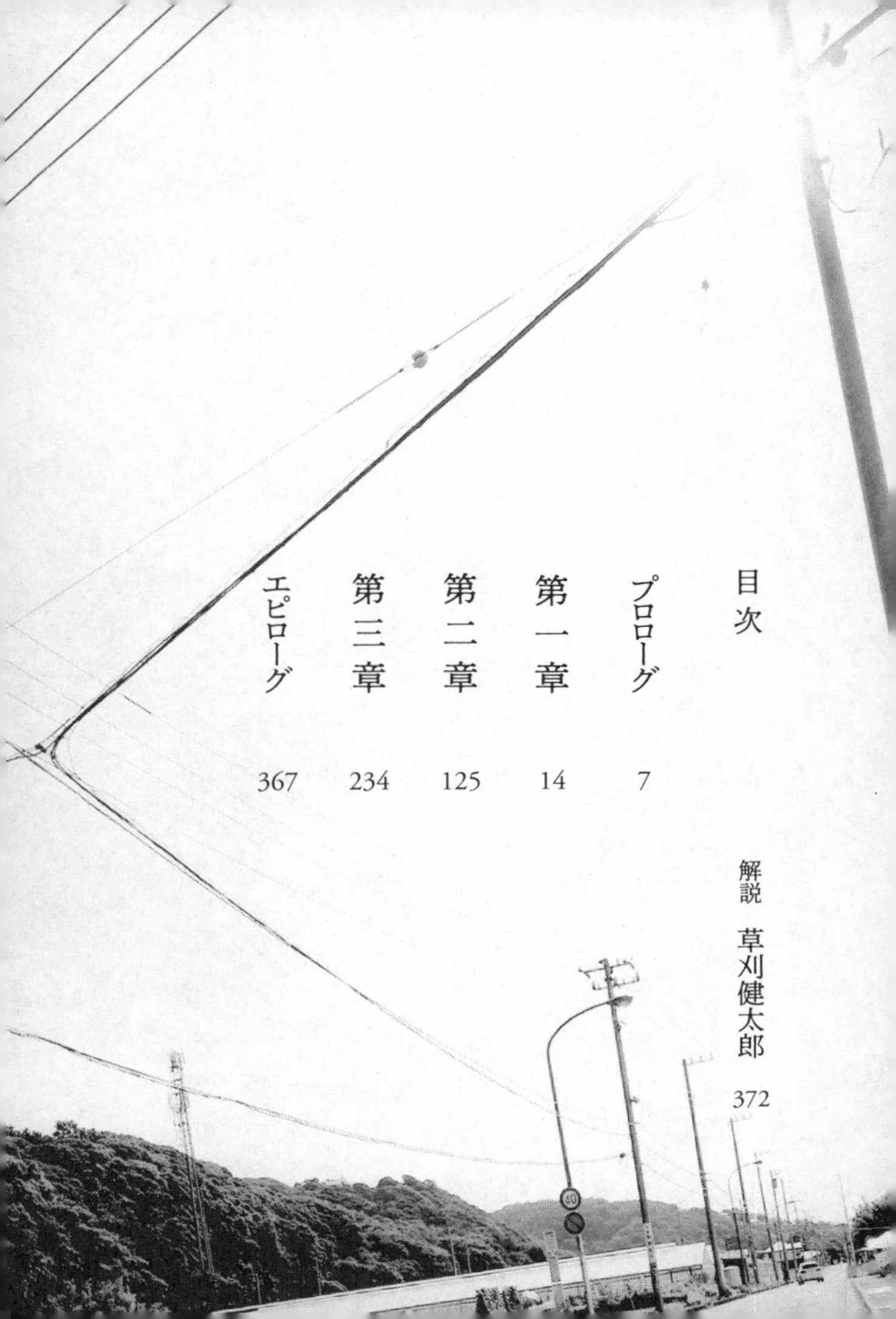

目次

告解

プロローグ

冷たい水で顔を洗うと、少しばかり頭が冴《さ》えてきた。

籬《まがき》翔太《しょうた》はペーパータオルで顔を拭《ぬぐ》い、トイレを出てフロアを進んだ。佐山《さやま》と久保《くぼ》がテーブルに金を出し合っているのが見える。

「マガキ、ひとり二千八百円」翔太に気づいた佐山が言う。

「何だよ、もう帰るのかよ」

翔太が席に座るのと入れ替わりに久保が立ち上がった。

「悪い。終電に間に合わなくなるから」久保がそう言ってそそくさと店を出ていく。

久保は上尾《あげお》の隣駅の宮原《みやはら》に住んでいる。そちらの終電は十一時四十分だが、反対方面はその四十分ほど後だ。

「おまえはまだ大丈夫だろう。もう少し飲もうぜ」

まだ飲み足りない。

先ほどアルバイトで一緒だったとき、綾香《あやか》は冷ややかな表情でずっと自分のことを無視していた。店で唯一、綾香と付き合っていることを知っている佐山がふたりの異変を感じたようで、仕事が終わってから飲みに誘われた。だがその後シフトの希望を出しに来た久保も合流することになってしまい、佐山と肝心な話ができないままでいる。

「まだ飲むっていっても、おれも終電まで一時間もないしなあ」

「じゃあ、うちで飲もうぜ」

翔太の家はここから歩いて十分ほどのところにある。

「おまえの家で？」佐山が露骨に顔を歪《ゆが》めた。

翔太の父親のことを知っている佐山からすれば、抵抗があるのだろう。

「今日は誰もいないからさあ、泊まっていけばいいよ。コンビニで酒でも買って」

姉の敦子《あつこ》の婚約者の実家に挨拶《あいさつ》に行くため、両親たちは今日から福岡に出かけている。帰ってくるのは明日の昼だと言っていた。

「いや……誘っておいて悪いけど、明日の授業が早いから今日はこのまま帰るよ。また今度ゆっくり話を聞くからさ」

佐山にきっぱり断られ、翔太は溜《た》め息を押し殺しながらバッグから財布を取り出した。立ち上がってふたりでレジに向かう。

会計を済ませて店を出ると、佐山に肩を叩《たた》かれた。

「まあ、事情はよくわからないけど、付き合いを続けたいんならとりあえずおまえのほうから折れることだな」

「どうしておれが？　おれはそんなに悪くない。たしかにデートをドタキャンしたけど、すっぽかしたわけじゃないし、電話でもちゃんと謝った」

一昨日の夜にデートの約束をしていたが、サークルの大切な用事が入ってしまったので、約束の一時間前に断りの連絡を入れた。

予定が空いている再来週以降にデートを振り替えようと提案したが、綾香の怒りは収まらないようで、電話口で翔太の普段の言動をあげつらいながらなじってきた。

栄養士の専門学校に通う綾香からすると、有名大学に通う翔太の言動は癇《かん》に障《さわ》ることが多々あったようだ。「勉強ばかりしてきて人の心を学んでこなかったみたいね」という綾香の言葉に、自分ばかりではなく親も否定されたような怒りを感じ、「やっかんでるんじゃねえよ」と言い放って電話を切った。

「それで冷戦状態に突入したってわけか」

佐山の言葉に、翔太は頷《うなず》いた。

「まあ、おまえが怒るのもわからないでもないけどさあ」

綾香にはまだ話していないが佐山は翔太の父親を知っている。そして翔太が父親の出身である京北《けいほく》大学に入ることを目指して、子供の頃から友達と遊ぶこともほとんどせず、ひたすら勉強に打ち込んできた事情も。

「でも、栗山《くりやま》のことが好きなんだろう？」

頷かなかったが、心の中で同意する。

「別れたくないんならもう一回謝るしかないな」佐山がそう言って腕時計を見る。

「そろそろ行かなきゃ。じゃあな」

駅のほうに向かっていく佐山の背中をしばらく見つめ、翔太も家に向かって歩き出した。

バッグを持っていた手に冷たい感触があった。顔を上げると額に冷たい雫《しずく》が当たる。雨だ。

折り畳み傘を持っていないので早足になって歩く。雨脚がどんどん激しくなり、駆け足になりながら自宅に戻った。鍵を開けて玄関に入る。

真っ暗な玄関で靴を脱ぎながら「ただいま」と言うと、ナナの鳴き声が聞こえた。こちらに近づいてくる気配を感じる。

半年前から飼っている猫だ。バイト先の近くで弱っている子猫を見かけ、拾ってきた。最初は両親とも飼うことに反対したが、まだもらっていない大学入学のご褒美と引き換えに飼うのを承諾させた。ちなみに七年前に同じ大学に入学した敦子は五十万円近いブランド物のバッグを買ってもらっている。

玄関ホールに上がると、甘えたようにナナが足もとにすり寄ってくる。

たとえ綾香と別れることになってもおまえへの愛情は変わらないと、翔太は片手でナナをあやし、洗面所に向かった。

タオルで濡《ぬ》れた髪を拭っていると、ズボンのポケットの中が振動した。携帯を取り出してメールを確認する。

『直接会って話がしたい』

綾香からのメールだ。

『今から？』と翔太は返信する。すぐに綾香からメールがあった。

『今すぐに会いに来てくれなければ別れる』

綾香のアパートは鴻巣《こうのす》にある。終電はもうない。しかも洗面所の窓越しに激しい雨音が響いている。

携帯の画面を見つめながら翔太は迷った。

三十分ほど車を走らせれば会うことができる。

だが、ここで彼女の言いなりになって『すぐに会いに行く』というのは何だか癪《しやく》だ。返信をしないでしばらく不安にさせておいて、いきなり部屋を訪ねて驚かせてやろう。

洗面所を出て玄関に向かうと、ナナが鳴きながら近づいてきた。

「おまえも来るか？」

同意したかどうかはわからないが、翔太はナナが根城にしているリビングに入り、キャットキャリーを手に取った。それにナナを入れ、靴箱の上に置いた鍵置きから車の鍵を取って玄関を出る。家の鍵を閉めると駐車場に停めたプリウスのドアを開けた。助手席にキャットキャリーを置き、グローブボックスの中から取り出した若葉マークを車の前後に貼り付け、運転席に乗り込む。

免許を取って九ヵ月になるが、雨の日の運転は初めてだ。しかも夜はほとんど走らせたことがない。

少し緊張しながらエンジンをかけて、ライトとワイパーをつけると車を発進させた。スピードを出さないよう注意しながら静まり返った住宅街を走る。

住宅街を抜けて大きな道路に入ると緊張感が解けた。アクセルペダルに置いた足もとに少し力を込める。フロントガラスに打ちつける雨を見ながら、真っ暗な一本道を進んでいく。

車内にナナの鳴き声が響いた。初めは気にしなかったが、いつもとは違う様子で鳴き続けている。どうしたのだろうと助手席に目を向け、キャットキャリーに左手を伸ばしたとき、激しい衝撃がしてフロントガラスを見た。

漆黒の闇から激しく雨粒がぶつかる中、何かに乗り上げたような感触がハンドルを握った手に伝わり、雨音をかき消すようなギャーという奇怪な音が耳に響く。

とっさにブレーキペダルに足を移そうとしたが、バックミラーに映った赤い輝きが目に入り、そのままアクセルペダルを踏み込む。

身の毛もよだつ絶叫が数秒で聞こえなくなり、鼓動を打ち鳴らす音が取って代わった。

車内の温度が一気に十度ほど下がったような冷気を背中に感じながら、次に赤い信号を見つけるまでアクセルペダルを踏み続けた。

第一章

1

法輪《のりわ》昌輝《まさき》は上着と鞄を持って部屋を出た。階段を下りてリビングに入ると、テーブルに和希《かずき》の姿があった。だるそうな顔で頬杖《ほおづえ》をついている。

「ずいぶん早いんだな」上着と鞄を椅子《いす》に置きながら昌輝は声をかけた。

まだ朝の七時半前だ。大学に入ってからこんな時間に起きてくるのは珍しい。

「違いますよ。さっき帰ってきたところ」

その声に、昌輝は振り向いた。キッチンにいた千尋《ちひろ》が呆《あき》れた顔をしている。

「さっき？」

そういえば自分たちが就寝するまで和希が帰ってきた気配はなかった。

「ちょーやべえ。飲み過ぎた。ウコンの力とか気が利いたもの、うちにはないよね」

和希が胃のあたりをさすりながら言う。

おおかた終電を逃して朝方まで友人と飲んでいたのだろう。

「学生が朝帰りなんて、いいご身分だな」

「しょうがないじゃん。サークルの決起集会だったんだから。それに二十歳過ぎてるし、バイトで稼いだ金で飲んでるんだからほっといてよ」

和希がそう言って立ち上がるとリビングから出ていく。

千尋と顔を見合わせて溜め息を漏らした。洗面所に行こうとしたとき、上着の中から振動音が聞こえた。

こんな時間に誰だろうと思いながら携帯を取り出す。母親の携帯からだ。

「もしもし、どうしたの?」昌輝は電話に出た。

「朝早くに申し訳ありません。わたくし、上尾警察署交通課の沢田《さわだ》と申します」

男性の声を聞きながら首をひねる。

「今、わたしがかけている携帯の番号はどなたのものでしょうか」

相手の言っていることの意味がわからず、思わず千尋のほうに目を向けた。

何があったのかと気になるようで、千尋が眉根を寄せて見つめ返してくる。

「こちらの番号にお心当たりはありませんか」

さらに訊《き》かれて、「母親の携帯番号です」と答える。

「そうですか。失礼ですが、あなたのお名前を教えていただけませんか」

「法輪……」と言いかけて、とっさに口をつぐむ。「あの……こちらも失礼ですが、本当に警察のかたでしょうか？」

巷《ちまた》では警察を騙《かた》った詐欺が横行している。母親が携帯をなくし、それを拾った何者かが詐欺を企てようとしているのかもしれない。

「ええ、そうです。たしかにいきなりこのようなお電話を差し上げたら不審に思われるかもしれませんね。いったんこちらの電話を切りますので、上尾署の代表番号にお電話ください。ネットで調べればすぐにわかりますので。そこから交通課の沢田につないでもらってください。それではよろしくお願いします」

そう言って電話が切れた。すぐにネットで、上尾警察署の番号を調べて電話をかける。

「はい、上尾警察署です」

女性の声が聞こえた。

「あの……先ほど、そちらの交通課の沢田さんというかたからご連絡をいただいた者ですが」

名前を名乗って事情を説明すると、「おつなぎします」と相手が言って保留音に切り替わった。

どうやら本物の警察官だったようだ。

保留音が消え、先ほどの男性の声が聞こえる。

「もしもし、先ほどお電話した沢田です」

「疑ってしまってすみませんでした」

「お気になさらないでください」と柔和な声が返ってきた。

「ところで、どうして警察のかたが母の携帯をお持ちなのでしょう」

昌輝が問いかけると、相手がしばらく沈黙した。

「それをご説明する前に、あなたのお名前を教えていただけますか」

「法輪昌輝です」

「お母様のお名前は？」

「法輪君子《きみこ》です」

「どちらにお住まいですか」

実家の住所を答える。

「実は……昨夜の一時半頃に菅谷《すがや》三丁目の路上で女性が倒れていると警察に通報がありまして」

その言葉を聞きながら、息苦しさを感じる。

視界に映る千尋の表情が険しくなっていく。自分もそんな顔をしているのかもしれない。

「すぐに警察と消防が駆けつけましたが、女性はすでに亡くなっていました。そのかたの所持品の中にあったのが先ほどの携帯です」

心臓が波打つと同時に「母で間違いないんですか！」と叫んだ。

「他に身元がわかるものは持っていらっしゃらず、携帯の持ち主を捜すにも電話会社はまだやっていませんので、とりあえずアドレス帳に登録されているかたにご連絡することにしました。アドレス帳にはあなたと『自宅』と『久美《くみ》』さんというかたの番号があり、とりあえず自宅と表示された番号に電話しましたが、留守電に切り替わったものですから……」

どうして電話に出なかったのだろう。

久美は三歳下の妹だ。

父親は使い方を覚えるのが面倒だと言って携帯を持ちたがらなかったが、外出先で何かあったときのために母親には三年前から携帯を持たせていた。

「どうして……どうして亡くなったんですか」

自分でも声が震えているのがわかる。

「司法解剖をしてみないと死因については何とも言えませんが、車に撥《は》ねられたものとみられます。まだお母様とは断定はできませんが、ご家族にご遺体の確認をしていただきたいのですが」

「ええ……」そう呟《つぶや》くだけで胸の奥が激しくうずく。「わたしは名古屋に住んでおりまして、そちらに行くまで三時間ほどかかってしまうと思いますが、これからすぐに出ます」

「菅谷のお宅に、ご家族は？」

「父がいます」

「お名前は？」

「法輪二三久《ふみひさ》といいます」

「どうして電話に出られなかったんでしょうね。菅谷のお宅を訪ねてみましょうか」

その申し出に「いえ」と即座に断る。

いきなり警察がやって来てこんな話を聞かされたら、激しいショックを受けるだろう。父親は今年八十六歳で、心臓に持病を抱えている。

「わたしのほうからもう一度連絡しますので」

それから二言三言話をして電話を切った。携帯を耳もとから離すとすぐに「どうしたの？」と千尋が駆け寄ってくる。

「お袋と思われる……女性が亡くなった……」

千尋が目を剝《む》いて口もとを手で押さえた。「ど、どうして……」と上ずった声が漏れる。

「車に撥ねられたみたいだ」

それから沢田から告げられたことを反復するように話す。

「それ、きっとお義母《かあ》さんじゃないよ。だって、警察に通報があったのは深夜の一時半頃でしょう。そんな時間に出かけるはずないわ」

自分もそう思いたい。だが、そうだとしたら、亡くなった女性はどうして母親の携帯を持っていたのか。

昌輝は自宅の番号を押して携帯を耳に当てた。

数回のコールの後、留守電のメッセージが流れる。

出かけているのだろうか。

朝起きたら母親の姿がなく、心配になって捜しているのか。それとも母親が携帯をなくし、ふたりで探しているのか。もしくは携帯をなくしたことを知らせるために電話会社か交番に赴いているのか。

無事であってほしいと願いながら、これを聴いたらすぐに自分の携帯に電話してくれるようメッセージを残した。

続けて久美の携帯に電話をする。なかなかつながらない。苛立《いらだ》たしい思いでコール音を聞いていると、「もしもし――」と電話がつながった。

「もう、こんな時間に何なの？　朝は子供たちの支度《したく》で忙しいんだから」不機嫌そうな声で久美が言った。

「それどころじゃないんだ。落ち着いて聞いてほしいんだけど……」

そう言った自分もひどく動揺していて、次の言葉が見つからない。

「何なのよ、いったい……」

「ついさっき、上尾署の交通課の人から連絡があって、お袋の携帯を持った女性が車に轢《ひ》かれて亡くなったそうだ」

息を呑《の》む音が耳に響いた。

「まだお袋と決まったわけじゃないけど、実家に電話しても誰も出ない。おれはこれから上尾署に行ってその人がお袋かどうかの確認をするから、おまえは実家に行ってみてくれないか」

久美は横浜に住んでいる。一時間半ぐらいで実家に行けるだろう。

「わ、わかった……」

電話を切るとすぐに上着を羽織って玄関に向かった。

「何かわかったらすぐに連絡してね」と言いながら千尋が悲痛な表情でついてくる。

玄関で靴を履いたときに、まだ歯を磨いていなかったことを思い出したが、構わずに家を出た。

久美から電話があり、昌輝は携帯を耳に当てながら改札を抜けた。

「もしもし……」と耳に当てながら上尾駅の改札を抜ける。

「連絡が遅くなってごめんなさい。実家に行ったら大変な状況で、今まで連絡できる余裕がなかった」

「大変って?」久美に訊き返しながら、タクシー乗り場に向かう足もとが重くなる。

「家に入ったらお父さんが布団の中でうなされてて……熱を測ったら三十九度以上あって、救急車を呼んだの。今、上尾総合病院にいるんだけど、インフルエンザだって」

「お袋は？」

「いなかった」

不安そうな呟きを聞き、足が地面に沈み込んでいくような感覚に陥る。

「兄さんは今どこにいるの？」

「ちょうど上尾駅に着いたところだ。これから警察署に行く」

「入院の手続きが終わったらわたしもすぐに向かうから」

「わかった」

電話を切ってタクシーに乗り込むと、運転手に行き先を告げた。

上尾警察署は駅から車で五分ほどのところにあった。生まれてから高校を出るまでの十八年間この近くで暮らしてきたが、上尾警察署に行くのは初めてだ。

警察署の建物に入るとまっすぐ受付に向かった。

「法輪昌輝と申しますが、交通課の沢田さんはいらっしゃいますか」

受付の女性に告げると、「少々お待ちください」と言って受話器を持ち上げた。相手と話をして受話器を置くとこちらに目を向ける。

「すぐにまいりますので、そちらでお待ちください」女性がそう言って受付の前にあるベンチを手で示す。

ベンチに座って待っていると、三十代に思える背広姿の男性がこちらに近づいてくる。

「お電話した沢田です」

その声に弾かれて昌輝は立ち上がった。会釈する。

「こちらにどうぞ」

沢田に続いて地下への階段を下りていく。『遺体安置所』と札の掛かった部屋の前で沢田が立ち止まり、ドアを開ける。

沢田に促されて中に入ると、中央に置かれている台が目に入った。台の奥には祭壇があり、花と線香が供えられている。台の上に寝かされている人物のからだと顔は白い布で覆われていた。

「ご遺体の損傷が激しくて……大変心苦しいのですが、よろしくお願いいたします」

そう言って沢田が顔の布をはがした瞬間、昌輝は思わず顔をそらした。だが、閉じた瞼《まぶた》の裏には一瞬だけ目に留めた光景が残像となってこびりついている。

頬や頭皮の半分ほどがえぐり取られた老女の顔——

とても母親とは思えなかったが、顎《あご》の左側にある黒子《ほくろ》が脳裏に鮮明に残っている。

「母で間違いありません。もう……布をかけてください」

布をかぶせる気配を耳もとでしっかりと確認してから台に視線を戻した。布に覆われた母親を見ながら、からだが激しく震えだす。

母親はいったいどんな死に方をしたのか。

抑えようとすればするほど震えは激しくなり、やがて視界が涙であふれた。その場に膝《ひざ》をつき、袖口を嚙《か》み締めながら嗚咽《おえつ》する。

人目も憚《はばか》らずにその場で泣きじゃくってから部屋を出た。沢田とともに受付に戻ると、ベンチに座っている久美が見えた。久美がこちらに気づいて立ち上がる。

「本当にお母さんなの？　嘘だよね？」

自分の表情を見て察したように、久美が涙声で問いかけてくる。

何も答えられずにいると、「わたしにも会わせてください」と久美が沢田に訴える。

「やめろ」

昌輝が言うと、驚いたように久美が仰《の》け反《ぞ》った。

思わず語気が強くなってしまったようだ。

「見ないほうがいい」

努めて穏やかな口調で言い直すと、意味を察したように久美が蒼白な顔で頷いた。

「事情をご説明しますので、こちらにどうぞ」

沢田に案内されて二階の一室に通された。テレビドラマで観るような殺風景な取調室ではなく応接セットが置かれた部屋だ。久美と並んで沢田と向かい合うように座る。女性の職員がやってきてお茶を置いてくれたが、とても手を伸ばす気にはなれない。

「昌輝さんには先ほど電話で少しお話ししましたが、昨夜の一時半頃に菅谷三丁目の路上で女性が倒れているとの通報がありまして、すぐに現場に駆けつけました。わたしたちが着くと同時に救急隊員も到着しましたが、すでにその場でお母様が亡くなられていることが確認されました」

隣からしゃくり上げるような泣き声が聞こえる。久美の様子が気になったが、昌輝は沢田に視線を据えたまま話を聞いた。

「お母様が倒れておられたのは菅谷三丁目にある横断歩道から二百メートルほど離れた場所でして……」沢田が言いよどむように口を閉ざす。

「横断歩道を渡っていたときに撥ねられたんでしょうか?」

昌輝が訊くと、沢田が曖昧《あいまい》そうに頷いた。

「横断歩道上にコンビニの袋が落ちていて、そこからさらに百メートルほどのところにお母様のバッグと壊れた傘がありました。そのことから、おそらくお母様は横断歩道を渡っている際に車に撥ねられ、そこから倒れていたところまで引きずられたものと思われます」

沢田の話を聞きながら、先ほど見た母親の惨《むご》たらしい顔が脳裏によみがえってくる。

「現在、ひき逃げ事件として捜査しております」

「目撃者はいるんでしょうか」

「いえ、今のところそのような報告はありません。あの周辺はもともと車や人の通りが少なく、しかも深夜ということで……」

夜になると人も車の通りもほとんどなかった覚えがある。

「通報してきたかたはその道を走行中に路上に人のようなものが倒れているのに気づき、停車後にお母様を発見したそうです。わたしたちが確認したところ、財布の中にコンビニのレシートが入っていまして、それによりますとお母様がコンビニを出られたのは零時五十五分頃です。そこから横断歩道までは五分ほどの距離ですので、事故に遭ってから三十分ほど経ってから発見されたと思われます」

車に撥ねられたとき、母親はまだ生きていたのだろうか。もう少し発見されるのが早ければもしかしたら助かっていたのだろうか。そもそもどうしてそんな時間にコンビニに出かけていったのだろうか。

「母はコンビニで何を買ったんですか?」自分と同じ疑問を抱いたようで、久美が訊いた。

「ブロックアイスを二袋買ってらっしゃいました」

沢田の言葉に、昌輝は久美と顔を見合わせた。

おそらく高熱で苦しんでいる父親のために氷嚢《ひょうのう》を用意しようとしたが、氷が足りずに買いに行ったのだろう。

「お父さんに……どうやって説明しろっていうのよ……」久美が悲痛な声で言う。

おそらくそれは自分の役目になるのだろうと、昌輝は重い溜め息を漏らした。

2

下から物音が聞こえ、翔太は顔を上げた。

窓のほうを見ると、カーテンの隙間から明るい日差しが差し込んでいる。いつの間にか雨はやんだようだ。

家に戻ってキャットキャリーからナナを解放すると、自室に入りずっと床に座り込んで膝を抱えていた。あれからどれぐらいの時間が経ったのかもよくわからない。階段を上る足音が響き、ドアをノックされる。

「翔太、いるの？」

母親の声が聞こえたが、何も反応する気になれない。

だが、このまま何も応えないと部屋に入ってくるかもしれない。今は誰にも自分の顔を見られたくない。

「いるよ」翔太はドアに向けて答えた。

「車がないんだけど、どうしたの？」

あの後、桶川《おけがわ》駅まで車を走らせ、コインパーキングに停めてタクシーで戻ってきた。

「ああ……」そう言いながら頭の中で返答を考える。「昨日、車で友達の家に遊びに行ったんだけど……雨がすごくなってきたから置いてきてタクシーで帰った。後で取りに行く」

「そう。週末まで使わないから、先方がよければすぐに取りに行かなくてもいいからね」

「わかった。福岡はどうだったの？」

別に訊きたくはなかったが、少しでも気持ちを紛《まぎ》らわせたかった。

「真一《しんいち》さんのご両親もすごく素敵なかただったわ。来月、式場を見るためにこちらにいらっしゃるそうだから、そのときはあなたもご挨拶しなさいね」

真一は敦子と大学の同級生で、大手の銀行に勤めているそうだ。自分は一度しか会ったことがないが、爽やかな印象の人で、良縁に恵まれたと両親も喜んでいた。

「わかった」

階段を下りていく足音が聞こえ、ドアに据えていた視線を自分の両手に向ける。

あのときハンドル越しに伝わってきた振動の感覚が消えてくれない。ぎゅっと膝を抱えていても両手の震えがいっこうに収まらず、その余震が体中に伝わってくる。

違う——あれは人じゃない——

そうだ。あれは犬か猫だ。いきなり飛び出してきた犬か猫を轢いてしまったんだ。

だからといって罪悪感がなくなるわけではない。ギャーッという奇怪な音が耳にこびりついて離れない。

心の中で精一杯の供養をする。亡骸《なきがら》を回収することはできないだろうが、この家の庭のどこかに墓を作ってやろう。それに、代わりといっては何だがこれからずっとナナのことを大切に育てていく。

自分がぶつかったのは人ではない。もし人であったなら、この時間まで発見されないということはない。ニュースを観ればはっきりするはずだ。ニュースになっていなければこんな不安な気持ちから一刻も早く解放される。

翔太は手を伸ばしてローテーブルの上に置いたテレビのリモコンを取った。電源を入れようとしたが、なかなかその勇気が持てない。

真綿で首を絞められているように呼吸が苦しい。こんな気持ちのままではいられないと、深呼吸をしてテレビの電源を入れた。

いきなり父の顔が画面に映り、ぎょっとしてリモコンを落とした。

教育評論家として父がコメンテーターを務めているワイドショーだ。

すぐにリモコンを拾ってチャンネルを変えた。他のワイドショーにすると、どこかのコンビニが画面に映し出されている。

「——店内にいた男性店員に包丁のようなものを突きつけて『金を出せ』などと脅し、売上金約十万円を奪って逃走しました。店内に客はおらず、店員に怪我はありませんでした。男は身長百六十センチから百七十センチぐらいで、黒っぽいウインドブレーカーを身に着け、灰色の目出し帽をかぶっていたということです。同署では強盗事件とみて調べています」

切り替わった画面を見て、心臓が跳ね上がった。

道路に停まったパトカーの映像とともに『車に二百メートル引きずられ、女性死亡』とテロップが出ている。

「二十一日午前一時半頃、埼玉県上尾市菅谷の市道で、女性が倒れているのを通りかかった人が発見し、警察に通報しました。女性は近くに住む無職・法輪君子さん八十一歳で、死亡が確認されました。現場の道路には二百メートルにわたって引きずられた跡があり、警察ではひき逃げ事件とみて捜査しています……」

改札を抜けて駅から出ると、目の前に交番が見えて翔太は思わず立ちすくんだ。

このまま自首するべきではないだろうか。

自分は人を殺してしまった。

それが揺るがない現実だとわかった以上、このまま良心の呵責《かしやく》に耐えていけるとは思えない。

いや——

酒を飲んだうえで運転し、人を轢き殺して逃げたのだ。捕まればそうとう重い罪になるだろう。

何年間も刑務所に入れられ、社会に出た後も犯罪者として世間から後ろ指を差されて一生を送ることになるのだ。

自分の人生は終わったのも同じだ。

それだけではない。両親や敦子にも犯罪者の家族として肩身の狭い思いを強いることになる。

いつもテレビで厳しい発言をしている父親は世間から糾弾されるだろう。それに敦子の結婚も破談になるかもしれない。

それでも――

交番に吸い寄せられそうになる自分の気持ちに何とかして抵抗しようとする。

それに……綾香はどう思うだろうか。

もし自分のメールがきっかけで翔太が車を運転して事故を起こしたと知れば、彼女も自責の念に駆られるかもしれない。

そうだ。これは自分ひとりの問題ではない。捕まるわけにはいかないのだ。

やっとの思いで交番から離れると、車を停めたコインパーキングに向かった。

コインパーキングに入り、ためらいながら車に近づいていく。ぱっと見にはいつもの状態と変わらないように感じる。ヘッドライトもサイドミラーも破損していない。さらに近づいて見てみる。バンパーと左側面が少しへこんでいて、赤黒い跡がついている。

これぐらいの傷であれば、壁にぶつけてしまったと両親にも言い繕えそうだ。

翔太はドアを開けて、グローブボックスから窓拭《ふ》き用のシートを取り出した。袋からシートを取り出そうとするが、指先が震えてうまくつかめない。もどかしい思いで何とかシートをつまみ出すと、しゃがみ込んで車体についた赤黒い汚れを拭っていく。念を入れて車体の底やタイヤも拭いていった。

指先に何かが触れたような気がして、シートを持った手を車体の底から引き出した。それを目にして吐き気を催す。

シートには赤黒い汚れとともに数本の白髪がからみついていた。

3

隣の部屋で文子《ふみこ》が苦しんでいる……

畳の上でうつ伏せに倒れ込み、小さなからだを身悶《みもだ》えさせている。

いったいどうしたんだろう。文子……大丈夫か？

そばに駆け寄ろうとするが、いっこうに文子に近づけない。むしろ文子の姿がだんだん遠ざかっていく。

文子……大丈夫か……すぐに行くからな……

お父さん――お父さん――と、文子が自分を呼ぶ声が聞こえる。

だが、まるで蜃気楼《しんきろう》の中を彷徨《さまよ》っているようで、いくら手を伸ばしても文子に触れることができない。

お父さん――お父さん――

その声が大きくなるにしたがって文子の姿がかすんでいく。

嫌だ――いなくならないでくれ――

必死に祈っているのに、文子の姿が光に包まれながら消えていく。その奥からぼんやりとしたふたつの顔が浮かび上がってくる。

「お父さん――」

男の声が呼びかけてくるが、誰なのかわからない。しばらく見つめているうちにマスクをしたふたりの人物の輪郭がはっきりしてくる。

「お父さん、わかるかな？　昌輝です」

その言葉でようやく目の前にいるのが息子だと気づく。隣にいるのはきっと久美だろう。

ゆっくりと首を巡らせると、ベッドの傍らに見たことのない器具が置いてあった。

「ここは……?」

問いかけると、昌輝が顔を近づけてくる。

「病院だよ。インフルエンザに罹《かか》って二日前に入院したんだ」

「そうか……君子は?」

ふたりが顔を見合わせた。何も答えない。

「君子はどこにいるんだ」

不安になってさらに訊くと、ふたりがこちらに視線を戻した。「お父さん……」と久美が自分の手をつかんでくる。

「このタイミングで話すべきかずいぶん迷ったんだけど……」こちらを見つめながら昌輝が言いよどむ。

「いったい何なんだ」

「お母さんが亡くなった」

その言葉の意味が理解できず、じっと昌輝の目を見つめる。

「三日前の夜中に車に撥ねられて……お父さんが退院するまで葬儀を待ちたいところだけど、遺体の損傷が激しくて……できるだけ早めにしたほうがいいと……」

車に撥ねられて――遺体の損傷が激しくて――

いったいどういうことなんだ。

「葬儀はおれたちがきちんと執り行うから、お父さんはここからお母さんの冥福を祈ってくれ」

「ど、どうして……君子は夜中に……」

絞り出すように言うと、こちらを見つめていた昌輝が視線をそらした。

「お父さんが高熱を出したから、コンビニに氷を買いに行って、その帰りに……」

その言葉に、心臓が激しく揺さぶられる。

自分のせいだというのか。

「犯人はまだ捕まってないけど、警察が絶対に捕まえてくれる。だから……」

昌輝がそう言いながら手で涙を拭う。自分の手を握った久美の手も震えている。

ふたりから顔をそらし、天井を見つめた。

文子だけでなく君子まで奪っていったというのか。

しかも、もう顔を見ることさえできないなんて。

ひどすぎる――

4

携帯を取り出すと、自宅から着信が入っている。

いったい何だろう。大学に行くために電車に乗っているが、忘れ物でもしただろうか。

翔太は席を立ち、乗客が少ないドア付近に向かいながら電話に出た。

「もしもし、翔太？　もう電車に乗ってる？」

母親の声が聞こえた。

「ああ。どうしたの？」

「今警察の人が家に来てて、翔太と話がしたいから呼んでくれないかって」

警察、という言葉に背中が粟立《あわだ》った。

「警察が……いったい何の用だって？」声が震えないよう感情を抑えつけながら言う。

「車のことをいろいろと訊かれた。誰が乗っているのかとか、三日前の深夜に車を運転したかとか。そのときわたしたちは福岡にいたから……ねえ、いったいどういうことなの？　壁にぶつけたって言ってたけどそのことなの？」母親が早口でまくしたてる。

「たぶん……そうじゃないかな」

「待ってらっしゃるから、とにかくすぐに帰ってきて」

「わかった……」

電話を切った瞬間、その場に膝をつきそうになり、思わず手すりをつかんだ。

どうして警察はあの車までたどり着いたのだろう。ヘッドライトもサイドミラーも破損していなかったから、現場にはあの車を特定するものは何も残っていなかったはずだ。

大宮《おおみや》駅で電車が停まり、重い足を引きずりながらホームに降りた。階段を上って反対側のホームに向かう。

自分はこのまま警察に捕まるのだろうか。

ホームに立ちすくみ、三本見送った末にようやく電車に乗った。崩れるようにすぐそばの席に座る。これから先のことを冷静に考えようとするが頭が働かない。

あの車で人を撥ねたという証拠が警察にはあるのだろうか。そもそもそれがわからないかぎり、何も考えようがない。

もし、決定的な証拠を突きつけられたなら、何かにぶつかったが人だとは思わなかったと言うしかない。

実際に自分はそう思ったのだ。人の姿を、八十一歳の老女をこの目で認識していたら、ブレーキを踏んでいたはずだ。

いずれにしても――

翔太は携帯を取り出し、メールを開いた。

あのとき綾香とやり取りしたメールはすべて消去しておいたほうがいいだろう。

上尾駅で電車を降りて家に向かう。駅から家まで徒歩で十分ほど。いつもは長い道のりに感じるが、今はあっという間にたどり着いてしまった。心の準備はまったくできていないままだ。

駐車場に停めた車をちらっと見てから、ドアを開けて家に入った。玄関に見慣れない黒い革靴が二人分ある。

「ただいま」と声をかけると、慌てたように母親が現れた。

「応接間にいらっしゃるから」

翔太は頷きながら靴を脱いで、すぐ横にある応接間のドアをノックした。

部屋に入ると、ソファに座っていた背広姿のふたりの男が立ち上がった。ひとりは細身で背が高く、もうひとりは重量級の柔道選手のようにがっちりとした体格だ。心配そうに外から様子を窺《うかが》う母親を遮るようにドアを閉め、翔太はふたりに近づいた。

「籬翔太さんですね」細身の男が柔和な笑みを浮かべながら言う。

翔太が頷くと、背広の内ポケットから警察手帳を取り出して示す。

「お出かけになられたばかりのところをすみませんでした。上尾警察署の交通課におります沢田と申します。こちらは新藤《しんどう》です。少しお話を聞かせていただいてよろしいでしょうか」

「ええ……」ふたりと向かい合うようにソファに座る。

「実はこの近くで三日前に交通事故がありまして。白いプリウスが関係している可能性がありますので、持ち主や使用されているかたからお話を伺《うかが》っているんです」

関係している可能性があります、ということはまだ断定されていないのか。

「三日前……日付の上では二十一日の午前零時から二時ぐらいの間にあの車に乗りましたか？」

「いえ」翔太は首を横に振った。

「そうですか。そのときはどちらにいらっしゃったんですか」

「家にいました」

「おひとりで？」

翔太は頷いた。

「お母さんの話によると、前日の二十日にあの車に乗って友達の家に行ったそうですね。それで雨がすごくなったので、友達の家に車を置いてタクシーで帰ってきたと。その友達の名前と連絡先を教えてもらえますか」

沢田の問いかけに、頭の中が真っ白になる。何も答えられない。

「答えていただけませんか？」

口調は柔らかいが、こちらを見つめる沢田の視線は鋭い。

「バンパーと左側面に少しへこみがありますね。お母さんの話によると、二十日から二十一日の間にあなたがどこかの壁にぶつけてできたものだということですが、いつどこでぶつけたものでしょうか」

答えられない質問が容赦《ようしゃ》なく浴びせられる。

何も言えずにいると、向かいのふたりが顔を見合わせた。すぐにこちらに視線を戻して沢田が口を開く。

「大変申し訳ないのですが、警察署のほうでもう少し詳しいお話を聞かせていただけないでしょうか」

ドアが開く音が聞こえ、翔太は机の一点に据えていた視線を上げた。沢田と新藤が部屋に入ってくる。

「お待たせして申し訳ありませんでした。少し調べ事をしていましたので」

ファイルケースを持った沢田がそう言いながら翔太と向かい合うように座り、新藤がドアを閉めてその横にある席に座る。

「任意の取り調べではありますが、一応説明しておきます。あなたには黙秘権がありますので、言いたくないことは話さなくてけっこうです。わかりましたか？」

翔太は小さく頷いた。

「それではまず、二十日の午後八時以降のあなたの行動について聞かせてください。午後八時までは、上尾駅前にある『ブロードカフェ』でアルバイトをしていましたよね」

沢田の言葉を聞いて、翔太は目を見張った。

すでに自分のアルバイト先を知られている。勤務時間を知っているということは店に確認を取ったのだろう。

「バイトが終わってからどうしたんですか？」

佐山と久保に確認を取ればすぐにわかることだから、言い逃れのしようがない。あのふたりが自分をかばうために嘘をつくとは思えないし、そもそも翔太がひき逃げ事件の容疑者として取り調べを受けていることも知らないだろう。

「バイト先の友人ふたりと近くの居酒屋に行きました」

「その友人と居酒屋の名前を教えてもらえますか」

翔太はふたりの名前と居酒屋の店名を告げた。ドアの横に座った新藤がそれらを書き留めるのが視界の隅に映る。

これで翔太がどれぐらいの量の酒を飲んだのかもすぐに判明してしまうだろう。

「何時頃まで飲んでいたんですか？」沢田が訊く。

「たしか……十二時ぐらいまで……」

「それから家に帰ったんですか」

翔太は頷く。

「先ほど、二十一日の午前零時から二時ぐらいの間にあの車には乗っていないと話していましたが、それは本当ですか？」

「ええ……」

翔太が呟くと同時に、沢田が小首をかしげる。

「それはおかしいな」沢田がファイルケースから紙を取り出してこちらに見せるように机の上に置く。

全体的に黒っぽい写真だが、道路と一台の白っぽい車の後部が写っている。

「これは菅谷にあるコンビニの防犯カメラの映像で、午前一時二分四十六秒のものです。この写真だとかろうじて白っぽいプリウスとしかわかりませんが……」

そこで言葉を切り、写真をもう一枚、目の前に置く。

それを見て翔太は息を呑んだ。

車の後部を拡大したものでナンバープレートが読み取れる。

「ご両親とお姉さんは福岡に行っておられ、あなたもあの車には乗っていない。それではこれを運転していたのは誰でしょう？」

じっと見つめられながら沢田に訊かれたが、何も言葉が出てこない。

「誰か知らない人間が車を運転し、その後ガレージに戻したんでしょうか。それとも幽霊か何かですかね」

いっそのこと、そうであったと自分でも思い込みたい。

「言いたくないことは話さなくていいと言いましたが、それでも正直に話すかどうかでその後の処遇が変わることもありますよ」

裁判のことを言っているのだろう。証言台の前に立たされる自分の姿を想像してしまう。

「僕です……」顔を伏せながら呟く。

「どうして嘘をついていたんですか」

「お、お酒を……飲んでいたので……ほとんど酔っていなかったけど」

「お酒を飲んでいたのに、どうして車を運転したんですか」

「何となく……」

「何となく？」

「ドライブしたくなって……」

「四時間近くお酒を飲んでいて、けっこう雨も降っていたのに、何となくドライブしたくなったと？」

「そう……ですね……」

「運転中に何か変わったことはありませんでしたか」

その質問に全身がこわばる。

「いえ……特には」

「何かにぶつかったり、乗り上げたりしませんでしたか」

沢田から視線をそらして膝に置いた両手を見つめると、あのときハンドルを握った手に伝わった感触がよみがえってくる。

「ありません」きっぱりと答えた。

「このコンビニから三キロほど手前にある路上で、八十一歳の法輪君子さんという女性の遺体が発見されましたが、そのことは知っていますか」

「知りません」

「法輪君子さんは横断歩道を渡っているときに車に撥ねられたとみられ、そこから二百メートルほど引きずられて路上に倒れていました。通報を受けて駆けつけたときにはすでにお亡くなりになられていました。遺体を見たご遺族が絶叫してむせび泣いてしまうほど損傷の激しい姿で。それについて思い当たることはありませんか」

膝に置いた両手を見ることに耐えられず、かといって沢田に視線を移す勇気もない。顔を伏せたまま目を閉じる。

「法輪君子さんは旦那さんが高熱を出してしまったため、氷を買いにコンビニに行った帰りだったようです。事故に遭ったのは午前一時頃と思われ、その前後三十分ほどの間にコンビニの防犯カメラに映っていたのはあの白いプリウスだけでした。あなたが今までした話ですでに道交法違反の容疑で逮捕状を請求できますし、車を押収して調べることもできます。どんなにきれいにしたと自分では思っていても、事故の痕跡《こんせき》は簡単に消せないものです」

シートにこびりついていた白髪が瞼の裏に浮かぶ。

手の届かなかったところにもきっと残っているだろう。

「そういえば、何かにぶつかったような衝撃がありました……」翔太は顔を伏せながら言った。

「菅谷三丁目の横断歩道でですか？」

「場所ははっきりとわかりません。でも、横断歩道でした」

「どうしてそのとき車を停めなかったんですか」

「怖かったんで……犬や猫の死骸《しがい》を見るのが……それでそのまま車を走らせました」

「人だとは思わなかったんですか」沢田の語気が強くなる。

「思いませんでした……人だと思ったら停めています」

「小さな犬や猫ではなく大人の人間を二百メートル近く引きずってるんです。かなりの衝撃があったはずですし、もしかしたら悲鳴を上げていたかもしれない」

あのときのおぞましい叫びが響いてきそうになり、耳をふさぎたくなる。

「それでも人だと思わなかったというのはちょっと信じがたいんですが」

その答えを見つけ、翔太は顔を上げた。まっすぐ沢田を見つめる。

「こっちの信号は青だったので……人だったらいきなり飛び出してこないと思いました」

脳裏に浮かぶ赤い輝きを必死に振り払いながら、翔太は答えた。

5

永岡新次郎《ながおかしんじろう》は改札を抜けると、人波の中に喪服姿の広江《ひろえ》を見つけて近づいた。

「遅くなってすまない」

新次郎は声をかけると、広江とともに駅を出てタクシー乗り場に向かった。

待ち合わせの時間は六時だったが、すでに四十分ほど遅れている。

四年三組の男子生徒が一ヵ月近く不登校になっている件の対応について職員間で意見がまとまらず、会議が長引いてしまった。

タクシーに乗り込むと運転手に行き先を告げる。斎場までの時間を訊《たず》ねると、十分ほどだろうと返事があった。

「お通夜に参列するときにはいつもそうだけど、今回は特にご家族にどんな言葉をかけていいのかわからない……」

打ち沈んだ広江の声を聞きながら、「そうだな」と新次郎は頷いた。

三日前の昼休みに、広江からの電話でその訃報《ふほう》を知った。電話に出るなり「ニュースを観て」と広江が叫び、事情を聞いた新次郎はすぐに校長室から職員室に向かった。テレビをつけるとたしかに広江が話していた事件がニュースで報じられていた。

その日の未明に上尾市内の路上で八十一歳の女性の遺体が発見され、ひき逃げ事件として捜査しているというものだ。被害者の名前を見て同姓同名の別人であることを願ったが、法輪という珍しい苗字と、上尾市内に住む八十一歳の女性であるという情報から、自分の知っている法輪君子で間違いないだろうと絶望した。

君子の夫の法輪二三久は新次郎が初めて赴任した小学校の先輩教師だ。

自分の指導係になった法輪は学校内で人望が厚く、児童からは慕われ、保護者からも信頼されていた。

当時の新次郎はただ公務員という安定した職を求めて教師になったが、法輪の仕事に対する情熱に触れるにつれ、その思いが変わっていった。

法輪は大正十二年の生まれで、二十歳のときに徴兵され、中国の河北省《かほく》に出征したという。だがその翌年、中国軍民の攻撃によって右足を負傷し、日本に送り返された後に終戦を迎えた。

出征先での出来事について法輪は多くを語らなかったが、多くの無残な死を見てきたのだろうと新次郎は察した。

このような悲惨な争いを二度と起こしてはいけない。そのためには教育こそが必要だと痛感し、教師を志したと法輪は語った。

戦後生まれの新次郎は、それまで戦争はもはや過去の出来事としかとらえていなかった。だが、法輪の話を聞いてあらためて戦争のない生活が大切だと感じ、争いのない平和な社会を築くためにどうすればいいかと自分の考えを深めた。そして法輪と同様に教育こそが重要だと思い、自分が就いた教師という仕事に情熱を傾けるようになった。

四年間同じ学校で働く中で、法輪は教師として未熟であった新次郎を熱心に指導してくれた。挫《くじ》けそうになったときも励まし、心の支えになってくれた。

法輪だけでなく妻の君子も、当時独身であった新次郎を快く家に招き入れてくれ、自分の悩みを聞き、おいしい手料理でもてなしてくれた。その後、法輪が別の学校に異動になってからもふたりとの交流は変わらず続き、広江と結婚するときの仲人も法輪夫妻が務めてくれたのだ。

家族ぐるみの付き合いは法輪が定年してからもずっと続いていた。

法輪夫妻には返しても返しきれない恩があると常々思っていた。だが、まさかこのような形で君子に対して本当に返せなくなってしまうとは思ってもみなかった。

斎場の前でタクシーが停まった。支払いを済ませ、新次郎は大きく息を吐いて車を降りた。

広江とともに建物に入ると、すでに通夜が始まっているようで奥のほうから読経《どきょう》が聞こえる。

受付を務めているのは法輪の孫の和希だろう。五年ぶりぐらいだが面影が残っている。

新次郎は和希と挨拶を交わして香典を渡し、会場に向かった。すでに親族の焼香が始まっている。最後列の席に広江と並んで座り、見守った。

やはり法輪の姿はない。

昌輝から連絡があったのはニュースで事件を知った夜だった。法輪はインフルエンザに罹って入院しているので、葬儀に参列するのは難しいだろうと昌輝は話していた。

君子は高熱を出した法輪のために氷を買いに行って事故に遭ったということもそのとき聞いた。それらの事情を知ったときの法輪の心中を想像すると、どうにもやりきれなくなる。

前方の参列者に続いて新次郎たちも焼香する。その後、説法を終えた導師が退場すると喪主の昌輝が立ち上がってこちらを向いた。

「本日は御多忙のところ、ご参列いただきありがとうございました。皆様方にお越しいただいたこと、故人も喜んでいることと思います」

気丈に話しているが、胸の中には無念さや怒りが渦巻いているだろう。

「なお、明日の葬儀は午前十時よりこちらの斎場で執り行いますので、よろしくお願いいたします。あちらの部屋に簡単な食事などをご用意させていただきました。故人の供養になりますので、どうぞお召し上がりください」

昌輝がそう言って頭を下げると、弔問客が次々と会場から出ていく。その流れに逆らって広江とともに昌輝のもとに向かった。

「本日はお越しいただきありがとうございました」昌輝が頭を下げる。

「顔を見てきちんとお別れもできないなんて……こんな……ひどすぎる……」

広江の涙声を聞きながら、新次郎もハンカチで目頭を拭って頷く。

「君子さんには今まで本当によくしていただきました。仕事を始めたばかりの頃、いろいろな悩みを抱えるたびに家に呼んでくださって、おいしい食事でもてなしてくださった。あんないいかたが……こんな……」

「そのようにおっしゃっていただけて、母も喜んでいると思います」

「法輪先生の様子はいかがですか」

新次郎が訊くと、昌輝が顔を伏せた。

「憔悴《しょうすい》していると思います」

それはそうだろう。

「病室で寝ている父に呼びかけたとき、『ふみこ……ふみこ……』とずっとうわごとを言っていました」

「ふみこ……さんといいますと、ご長女の？」

「おそらくそうでしょう」と昌輝が頷く。

法輪家の仏壇には小さな女の子の遺影が飾られている。昌輝が生まれる四年前に病気によって二歳で亡くなった長女の文子だと聞いていた。

「もしかしたら姉が亡くなったときの夢を見ていたのかもしれません。その夢が覚めたと思ったら、今度は自分の妻の……話すべきか迷ったんですが、父に何も伝えないまま自分たちだけで母を送るほうが残酷に思えて……」

「そうですね。わたしもそう思います」新次郎は強く同意した。

昌輝に促され、通夜ぶるまいの部屋に向かう。何人か見知った学校関係者がいたので、広江とともにその近くに座った。ビールを飲みながらまわりの人たちと世間話をしていると、和希が部屋に入ってきた。酌をして回っている昌輝のもとに向かい、和希が耳打ちする。昌輝が表情をこわばらせて立ち上がると久美を伴って部屋を出ていく。

ふたりの表情が気になり、会話の切れ目に新次郎も立ち上がって部屋を出た。

昌輝と久美は会場にいた。後ろのほうで並んで立ち、焼香している男性の背中を見つめている。

「何かあったんですか？」

新次郎が声をかけると、祭壇のほうを見ていたふたりがこちらを向いた。

「警察のかたが報告に来てくださったんです。犯人が捕まったと」

昌輝の言葉に驚き、「本当ですか？」と新次郎は訊き返した。

「二十歳の大学生だそうです」無念そうに昌輝が呟く。

6

ホームに降り立った瞬間、大きな溜め息が漏れた。

重い足を引きずりながら栗山綾香はエスカレーターに乗り、改札に向かった。

綾香は五時からバイトだが、三時から翔太もシフトに入っている。こんなもやもやしたまま翔太と顔を合わせなければならないと思うとどうにも気が滅入《めい》る。

大切な話があると言って一週間前の夜に翔太と会う約束をしたが、直前になって断りの連絡を入れられた。サークルの用事があるからという理由を聞いて思わず感情的になってしまい、翔太と言い争いになって電話を切られた。

今すぐ会いに来てくれなければ別れる——

五日前に送ったメールの返信はいまだに来ていない。

会いに来ることもなく、そればかりか返信さえしてこないのは、翔太自身に綾香と話す気持ちがないということだろう。

翔太の自分への思いの真剣さを確かめたくて送ったメールだったのに。

あの日の夜、翔太がバイト仲間の佐山と久保と居酒屋に入っていくのを見かけ、アパートに戻った。これからどうすればいいだろうと不安になっているうちに、あのメールを送ろうと思い立った。

外は雨が降っている。終電も終わっている時間だ。タクシーを使うか、二時間ほど歩いてくるしかない状況で、それでも自分に会いに来てくれるかどうかを確かめたかった。

翔太が自分に対してそこまでしてくれるなら、勇気を持って話せると思った。

でも、けっきょく……

この五日間、何度となく翔太に連絡しようと思ったが、その度にためらってやめた。自分が話そうとしていることを翔太はどこかで察しているのではないかと思ったからだ。そうであれば、連絡してこないことが翔太の答えだろう。

店の前まで来て綾香は立ち止まった。軽く深呼吸してから店に入る。

「おはようございます」

カウンターの中にいるアルバイトたちに挨拶したが、その中に翔太はいない。ということは事務所で休憩を取っているのか。

顔を合わせるだけでも気が滅入るというのに、事務所でふたりきりにならなければいけないなんて。

フロアを進んで事務所に向かう。緊張しながらノックをしてドアを開けると、机に向かって座っていた人物がこちらを振り返った。佐山だ。

「おはようございます」

事務所に入りながら挨拶すると、「おはよう」と佐山が曇った表情で返す。

「今日、シフトに入ってましたっけ？」

「籬の穴埋めに呼ばれた」そう言うと、佐山がこちらを覗《のぞ》き込むようにして見る。

自分と顔を合わせたくなくて欠勤したのかもしれない。

「そうなんですか」綾香は事も無げに返して更衣室に向かった。

「栗山さん、もしかして知らないの？」

呼び止められて綾香は振り返った。佐山を見ながら首をひねる。

「籬がケイサツにタイホされたって」

すぐにその言葉が頭の中で変換できない。

ケイサツ？　タイホ？

「ひき逃げ事件を起こして逮捕された。昨日の夜からニュースでやってる」

思わず笑ってしまう。

「佐山さんでもそんな冗談を言うんですね」

「冗談じゃない！」

佐山が叫び、机の上にあった携帯を手に取る。操作してこちらに差し出す。

怪訝《けげん》に思いながら佐山に近づき、携帯を受け取って画面を見る。

ポータルサイトのニュース記事に『飲酒運転でひき逃げ容疑　京北大生逮捕　埼玉』と出ている。

画面をスクロールしていく。鼓動が速くなり、呼吸が荒くなる。

『飲酒後に自家用車を運転中、死亡事故を起こし逃走したとして、埼玉県警上尾署は24日、危険運転致死と道交法違反（ひき逃げ）の疑いで、京北大生、籬翔太容疑者（20）を逮捕した。逮捕容疑は21日午前1時頃、酒に酔い正常な運転が困難な状態のまま、上尾市菅谷の道路を走行。横断歩道を渡っていた無職、法輪君子さん（81）を車で撥ねて死亡させ逃走した疑い。署によると、籬容疑者は「人だとは思わなかった」と容疑を一部否認しているという』

「あの夜は久保と一緒に籬と飲んでたけど、あいつはけっこう酔っぱらってて……どうして車になんか乗ったんだか。まったく馬鹿だよな……」

その声に、綾香は携帯の画面から佐山へ視線を移した。苦々しい表情で佐山がこちらを見つめ返す。

二十一日午前一時頃——上尾市菅谷の道路を走行——
あのメールを送ったすぐ後だ。

7

足音が聞こえ、翔太は壁に据えていた視線を金網のほうに向けた。部屋の前で留置担当官が立ち止まり、こちらの様子を覗き込んでくる。

「籬、表に出ろ。面会だ」担当官がそう言って錠を外した。

面会——両親だろうか。

翔太はゆっくりと立ち上がり、部屋を出た。自分と会ったらどんな顔をするだろうと、気を滅入らせたまま担当官に指示される通りに進んでいく。

「そのドアの前で止まれ」と後ろから声が聞こえて足を止めた。ドアを開けた担当官に促され、中に入る。アクリル板で仕切られた部屋で、向こう側に背広姿の見知らぬ男が座っている。眼鏡をかけた色白の男で、四十歳前後に思える。

男が立ち上がると同時に、背後でドアが閉まる音が聞こえた。

「籬翔太さんですね」

男に訊かれ、翔太は頷いた。

「わたしはSK法律事務所というところで弁護士をしている大谷《おおたに》です。ご両親に依頼されてきました」

そこまで言われて上着の襟《えり》もとにつけたバッジに気づく。

「そうですか……」

それしか言えないままアクリル板の前で立ち尽くしていると、「座りましょうか」と言って大谷が椅子に腰かけた。翔太も大谷と向かい合うように置いてあったパイプ椅子に座る。

「二日前にご両親がわたしの事務所にいらっしゃいました。息子さんが事故を起こして逮捕されたということで……ずいぶんと混乱されているようでしてね。とりあえず警察に行って息子さんに会ってみますと言いましたが、正式に弁護人を引き受けるにはあなたのサインと捺印《なついん》がいります。今日お話ししてみてわたしでいいということであれば、警察の者に『弁護人選任届』というものを渡しますので、それにサインと捺印をしてください」

「わかりました……」

「体調はどうですか？」

こちらを覗き込むようにして大谷に訊かれたが、どう答えていいかわからない。

「ご両親もあなたの体調を心配していました」

「どうして父と母は一緒じゃないんですか」翔太は訊いた。

「あなたには接見等禁止決定が出ているんです」

その言葉の意味がわからず、翔太は首をひねった。

「弁護士以外は面会できないという決定が出されているんです。もちろんこれから準《じゅん》抗告《こうこく》をして……家族と面会できるように裁判所に働きかけていきますが」

この部屋に入るまでは家族と会いたくないと思っていたのに、会えないと知らされたとたん心細さに襲われる。

「ちゃんと眠れていますか」

「いえ……苦しいです……」思わずその言葉が漏れた。

警察に連行されてから四日間、翔太は三畳ほどの檻《おり》に閉じ込められている。暖房がないから夜になると身を切られるような寒さだ。そこを出られるのは取り調べのときと、一日数十分の運動のときぐらいだ。ひとりで部屋にいるときも金網越しに留置担当官が常にこちらの様子を監視しているので気が休まるときがない。トイレも部屋の奥についているので、担当官に見守られながら用を足すことになる。

何もすることがないのでこの四日間ずっと壁を見つめて過ごしているが、そうするといろんなことが頭をよぎってくる。

綾香や佐山たちは翔太が逮捕されたことを知ってどんなふうに思っているだろうか。自分はこれからどうなってしまうのだろうか。刑務所に入ることになってしまうのだろうか。もしそうならば、刑務所はいったいどんな場所で、どれぐらいの間そこにいることになるのだろうか。刑務所を出た自分はどうなっているのだろうか。まともな仕事に就くことはできるのだろうか。誰かを好きになったり、また誰かから好きになられたり、結婚することはできるのだろうか。将来、子供を持つことはできるのだろうか。そういえば姉は真一さんと予定通りに結婚できるのだろうか。父は今まで通りの仕事ができるのだろうか。刑務所から出た自分は家族とまた一緒に生活することができるのだろうか。

そんなことをずっと考えていると——

「気が狂いそうです……早くここから出たい」

「ご両親もわたしもそうなれるように努めます。まず、事件が起きるまでのことを詳しく聞かせてもらえますか」大谷が手帳を取り出しながら言った。

そう言われても何から話していいかわからない。

「事件が起きたのは二十一日の午前一時頃だということですが、二十日は朝からどう過ごされていましたか」

「午前十時から大学の授業があったのでそれを受けていました。授業が終わって昼ご飯を食べて、大宮で書店などを回りながらぶらぶらして、二時からバイトに行きました」

「上尾にある『ブロードカフェ』ですね」

「そうです。二時から八時までバイトして、その後バイト先の友人ふたりと居酒屋に行きました」

「その友人と居酒屋の名前を教えてもらえますか」

「警察に話しましたが……」

「起訴されるまで、あなたが警察で話したことをわたしたちは知ることはできないので」

そうなのかと、ふたりの名前と居酒屋の店名を告げた。

「飲み始めたのは八時過ぎですか」

大谷に訊かれ、翔太は頷く。

「何時頃まで飲んでたんですか」

「十二時ぐらいまでです」

「あなたはどれぐらいお酒を飲みましたか。できるかぎり詳しく聞かせてください」

翔太はあの夜の記憶を呼び起こしながら答えた。

「生ビールをジョッキで三杯、サワーを三杯、日本酒三合を三人で分けて……」大谷が復唱する。「ずいぶん飲んでいますね」

「すみません……」

「それでその後家に戻って車を運転したんですね？」

「ええ」

「どうして車を運転することにしたんですか」

「嫌なことがあってくさくさしていたので、何となくドライブしようと……」

「嫌なこと？」

「彼女と喧嘩《けんか》したので」

メールのことさえ黙っていればいいだろう。

「それでは運転中のことを聞かせてください」

取り調べで話したことをそのまま伝えた。

「状況については一通りわかりました」大谷がそう言って手帳を閉じた。

「僕は……刑務所に入れられるんでしょうか」

翔太が訊くと、こちらを見つめながら大谷が口もとを引き結んだ。鼻で小さく息をした後、口を開く。

「その可能性はあります」

「どれくらいの可能性なんでしょうか」翔太は前のめりになって訊いた。

「それははっきりとは言えません。あなたが話したことがすべて事実だとすれば……つまり、あなたは人を轢いたとはまったく認識していなかった、さらに信号は青だったと裁判所で認められれば執行猶予が付くかもしれません」

「執行猶予……」

「刑務所に入らなくていいということです。ただ、警察や検察はあなたが人を轢いたと認識していながらそのまま逃走したと主張するために、証拠を揃《そろ》えてくるはずです。それを裁判所がどのように判断するかでしょう」

「裁判が始まるまでここにずっといることになるんでしょうか」

「起訴された後は拘置所へ移ることになります。ご両親は起訴されたとしても、一日も早くあなたを保釈させたいと言っていました。ただ、正直なところ、今回のケースでは保釈はかなり難しいと思います」

「どうしてですか？」

「否認している被告人に保釈が認められるケースは非常に少ないんです」

人を撥ねた認識はないと言っているかぎり保釈は認められないということか。

早くここから出たいが、その供述を覆《くつがえ》すわけにはいかない。嘘をついたと言った時点で自他ともに人殺しを認めることになり、これからの人生はすべて終わってしまう。

「ひとつ提案したいことがあります」

「何ですか」

「これはご両親にも勧めているんですが……受け取ってもらえるかどうかはわかりませんが、被害者のご遺族に向けて手紙を書いてみてはどうでしょうか。たとえ人だとは思わなかったとはいえ、あなたが飲酒運転の末に事故を起こしてひとりの尊い命が失われたのは紛れもない事実です。お酒を飲んでいなければもっと冷静な判断ができたかもしれませんし、責められてもしかたがないことをしたのですから」

「手紙……」

「もし、あなたの真摯《しんし》な反省が被害者のご遺族に伝われば、示談に応じてもらえるかもしれません」

自分に書けるだろうか。どんなことを書けば赦《ゆる》されるというのだ。

8

病室に入ると、ベッドの上に置いたバッグに久美が着替えを詰め込んでいた。父は傍らにあるパイプ椅子にぼんやりと座っている。

「早めに来てくれたんだ。ありがとう」

昌輝が声をかけると、久美が手を止めてこちらを見た。

「兄さんたちこそ、お疲れ様。千尋さんも和希くんも遠いところありがとうございます」久美がこちらに向けて頭を下げる。

退院の手続きなら自分ひとりでできると久美は言ってくれたが、家に戻った父が少しでも寂しくないようにと、両家の家族で集まろうと提案した。友人との約束があると言って和希は渋っていたが、何とか説得して連れてきた。

「忠司《ただし》さんはどうしてもお得意さんのところに行かなきゃいけなくて、それが終わったらすぐに実家に行くって。愛美《まなみ》は塾で里美《さとみ》も部活があるけど、それぞれ終わったらすぐに来るように言ってあるから」

「土曜日なのにみんな大変だな」

久美の旦那の忠司は医療機器メーカーで営業をしている。娘の愛美は中学三年生で里美は中学二年生だ。

荷物を入れ終えると、昌輝はバッグを持って病室を出た。久美が父の肩を支え、五人で一階に向かう。会計を済ませてタクシーを二台呼んだ。

後に来たタクシーに千尋と和希が乗るよう告げ、先に来たタクシーの助手席に昌輝は乗り込んだ。後部座席に久美と父が座り、タクシーが走り出す。

昌輝たちが病室についてから父はまだ一言もしゃべっていない。重苦しい空気を何とかしたいが、かける言葉が見つからない。父の隣に座った久美も自分と同じ思いのようで押し黙っている。けっきょく一言も会話がないままタクシーが家の前に着いた。

後ろのタクシーから降りた和希にバッグを託し、昌輝は父の手を取りながら玄関に向かった。鍵を開けて中に入ると、父が靴を脱ぐのを手助けする。

「お袋に会おう……」

ようやく自分の口から言葉がこぼれ、父の手を引きながら居間に連れていく。

襖《ふすま》を開けて居間に入った瞬間、握った父の手がびくりと震えた。父の横顔を見ると、唇が戦慄《わなな》き、生気のない目で祭壇に飾られた母の遺影と骨壺を見つめている。

それまでの弱々しさが嘘のような強い力で昌輝の手を振りほどき、もう片方の手に握っていた杖を放り、よろよろとした足取りで祭壇に近づく。手前まで行ったところで膝をつき、前のめりになって骨壺を両手に抱えて泣き叫ぶ。

「すまない……君子……すまない……」

からだを震わせながら号泣する父の背中を昌輝は見つめた。まわりに目を向けると、久美も千尋も和希も茫然《ぼうぜん》としたように骨壺にすがりついて泣きじゃくる父を見ている。

「しばらくひとりにしてやろう」昌輝は三人に目配せして居間を出た。

「あんなおじいちゃん初めて見た」

そう言った和希に目を向け、台所に向かう。

そうだろう。自分も四十九年間の人生で初めて父が泣くのを見た。

それだけではなく笑ったところも見たことがない。かすかに頰を緩ませることぐらいはあるが、喜怒哀楽の感情をほとんど表に出さない人だ。

よほど悔しくて、悲しくて、たまらないのだろう。自分も同じ思いだ。

いや、今はそれらの感情を押しのけるほどの別の感情が湧き上がっている。

葬儀に来た警察官の沢田の話を聞いてから、どうにもならない憤怒《ふんぬ》を抱えていた。

どうして人を撥ねたときに車を停めなかったのかと沢田に問われた犯人の籬翔太は、『人だと思わなかった』と供述したという。犬か猫を撥ねてしまったと思い、そのまま車を走らせたと。

大人を車で撥ねて二百メートルにわたって引きずっているのにありえない話だ。まさかそんな言い訳がまかり通ってしまうのか。

さらに籬翔太は自分が走っているほうの信号は青だったとも供述しているという。母が信号を無視して横断歩道を渡るとも思えない。だが、その件に関して籬翔太の供述を覆すのは難しそうだと沢田は無念そうに言った。その信号は押しボタン式になっているそうだが、母は事故に遭った際に手袋をしていたので指紋などは検出できず、また籬翔太が乗っていた車にはドライブレコーダーなどはついていなかったので、目撃者が出てこないかぎりどちらの信号が赤だったのかはわからないという。

ダイニングに行くと、久美が流しでお茶を淹《い》れる準備を始めた。千尋も隣に行って手伝う。昌輝と和希はダイニングテーブルに並んで座った。

ドアを閉めていても父の嗚咽がここまで響いている。

「すまないって……何を詫《わ》びているのかしら」昌輝の前にお茶を出しながら久美が誰

にともなく言う。

昌輝は首を横に振り、「ありがとう……」と言ってお茶に口をつける。

理由は何となく察せられる。

母に充実した人生を送らせてやれなかったと悔いているのではないか。

小学校の教師だった父は同じ学校の事務員だった母と知り合い、二十九歳のときに結婚した。

自分が知っている父はまっとうを絵に描いたような人物だった。酒も煙草《たばこ》も嗜《たしな》まず、もちろんギャンブルや女遊びもしない。慎ましい生活を美徳とする仕事人間だった。休みの日も教材作成や地域の行事で忙しく、子供の頃から家族で遊びに出かけたり旅行した記憶はほとんどない。

昌輝が自宅から通える関東の大学ではなく名古屋に行ったのも、そんな清貧な父と一緒に暮らすのが窮屈だったからだ。

子供たちが独立し定年してからもその性格は変わらなかったようで、夫婦で旅行することもなく、趣味を楽しむこともなかった。定年してからの日課は登下校の見守りで、それ以外は図書館で借りてきた本を読むぐらいだと母が電話で話していた。母の口調からは、そんな父に不満を抱いているようには思えなかった。

何とも安上がりな趣味だと電話口で苦笑したが、ふたりがそんな清貧さを求め続けているのはひとえに、文子に対する思いがあったのではないかと自分は感じている。二歳にして無念のうちに亡くなった長女の記憶が、人生を謳歌《おうか》することへの罪の意識を抱かせていたのではないかと。

だが、八十一歳まで生きた母の最期《さいご》は無念なものだった。もっと楽しい人生を送らせてやればよかったと父は今になって後悔しているのではないか。

自分も母に対して後悔がある。名古屋の大学に入ってからは実家に戻って両親の顔を見るのは盆と正月ぐらいだった。そのまま名古屋で就職し、二十六歳で結婚するとそれが正月だけになった。もっと両親と一緒にいる時間を作るべきだった。

「お父さん、大丈夫かしら……」

久美の声に、昌輝は顔を上げた。

向かいの席に久美と千尋が座っていて、こちらを見ている。

「今までは食事や身の回りの世話はすべてお袋がしていたから、これからのことを考えると心配だな……」

「できるかぎりこっちに顔を出そうと思ってるけど、それでも……」久美が言いよんだ。

関東圏内に住んでいると言っても、横浜からここまで片道一時間半近くかかる。週に四日パートをしている身ではそうそう来られないだろう。

「うちに来てもらうことも忠司さんと相談してたんだけど」

「それは難しいだろう」

久美が住んでいるマンションは三ＬＤＫだ。しかも来年と再来年、受験を控えている娘がいる。

「名古屋に来ていただくっていうのはどうかしら。一部屋空いているし。ねえ？」千尋がそう言いながら昌輝と和希を交互に見る。

「おれは別にかまわないよ。じいちゃんのこと好きだし」

「だけどなあ……来るって言ってくれるだろうか」

五十年近く、この家で暮らしている。まわりの人たちの交流も含めてこの地に相当な愛着があるのではないか。

「長男なんだからそこを説得しないと。お義父《とう》さん、今年八十六歳でしょう。これからひとりで生活していくのはかなり厳しいわよ」

遠くに父の嗚咽を聞きながら、「そうだな……」と昌輝は頷いた。

9

こんな鬼畜は間違いなく死刑でしょう——

その文字に激しく動揺して、綾香はすぐにネットを閉じた。携帯をバッグにしまい、車窓に視線を移す。車窓からは晴天の景色が広がっていたが、胸の中はどんよりとした暗い雲に覆われている。

翔太が警察に逮捕されたと知ってからの四日間、少しでも情報が欲しいとネットを確認しているが、日を追うごとに増えていく彼への誹謗《ひぼう》中傷を目の当たりにするたび、切っ先で心臓を突かれるような痛みに苛まれる。

飲酒運転で人を撥ねて二百メートルも引きずり殺して逃げるなんてありえない——

同じ人間だと思うと吐き気がする——

偏差値は高いんだろうけど、人間性は幼稚園児並み。いや、そんなこと言ったら幼稚園児に失礼か——

ネットへの書き込みは翔太だけにとどまらず、彼の家族にも及んでいる。両親や姉の名前や職場がさらされ、翔太とともに暮らしていた家族への罵詈《ばり》雑言《ぞうごん》であふれていた。特に父親に対する世間の非難はすさまじいものだ。

綾香はネットで初めて知ったが、翔太の父親はテレビのワイドショーなどによく出ている教育評論家の籬敬之《のりゆき》だという。

綾香も何度かテレビで籬敬之を観たことがあるが、教育問題だけでなく事件や政治などの話題についても歯に衣着せぬ厳しい発言をしていたのを覚えている。それだけに息子が重大事件を起こして逮捕されたという事実に、世間からの非難が集中しているのだろう。

籬敬之も翔太と同じ京北大学の出身で、テレビや講演会などでは厳しい子育てを標榜している人物だという。

翔太が自分の通う大学に一番の価値を見出していたのは、きっと父親の影響があったにちがいない。

子供の頃から勉強に明け暮れ、友人との楽しい記憶もほとんどないと、付き合う前に翔太が話していたことがある。おそらく綾香には想像もできないプレッシャーの中で翔太は生きてきたのだろう。

だからといって、翔太が他の人よりも人間性が欠けているなどとは綾香は思わない。

あの日の夜に翔太がお酒を飲んでいたと佐山も言っていたから、飲酒したうえで車を運転したのは紛れもない事実だろう。たしかにそれは非難されるべきことだ。そして、翔太がそんなことをしてしまった原因を作った綾香も自分を責めている。

ただ、翔太が人を撥ねたと認識していながら、二百メートルも引きずって相手を死なせたとは自分にはどうしても思えない。

翔太の優しさは自分がよく知っている。

新しいアルバイトとして彼が店にやってきてからしばらく、綾香は翔太に対してあまり好感は持っていなかった。自分と同い年だったが、話題も嚙み合わず、どこか世間からずれているようにも感じたし、接客業として最低限必要な挨拶や礼儀なども ともに身に付いていなかったからだ。

だが、翔太が京北大学に通っていることや、近くにある実家がかなりの豪邸であること、またバイトをするのは初めてであることを聞き、世間を知らないボンボンなのだと納得した。だから翔太と同じシフトに入っても綾香はほとんど話をせず、距離を置いていた。

そんな彼と親しくなったきっかけはナナだった。

バイト帰りに駅に向かっているとき、雑居ビルの隙間に隠れている子猫を見つけた。子猫はひどく衰弱していて、綾香が呼びかけても撫《な》でてもほとんど反応できない状況だった。近くのコンビニに駆け込んで買った牛乳を与えてみたが、飲む気配はない。

綾香は子猫を見ながらどうしようかと迷った。このままにしておくのはかわいそうではあるが、かといって綾香のアパートはペットを飼うことを禁止されているので、連れて帰るわけにはいかない。せめて病院に連れて行くべきかと思ったが、そうすることもためらった。たとえ病院に連れて行って具合がよくなったとしても、自分が飼えない以上、またどこかに置き去りにしなければならない。そんなことをすれば自分の罪悪感が増すばかりだと考え、このまま見なかったことにしてその場を立ち去ろうとしたとき、「どうしたの?」と声をかけてきたのが翔太だった。

綾香が事情を説明すると、翔太はとりあえず病院に連れて行こうと言って、ネットで調べ始めた。だが、夜遅い時間だったために近場にある動物病院はすべて診察時間が終わっていた。

「車を取ってくるから、この時間でもやってるところを調べておいて」

けっきょくそこから車で三十分ほど行ったところにある病院にふたりで連れて行き、子猫を診察してもらった。とりあえずその晩は病院に預け、翌日ふたりで訪ねると、子猫は昨日の弱々しい様子が嘘だったように元気な鳴き声で自分たちを迎えた。

前日帰った後に家族を説得したようで、翔太が子猫を飼うことになった。ナナと名付けて、それからは毎日のように写真で成長ぶりを送ってくれた。それからしばらくしてふたりは付き合いだした。

あのときに見せた翔太の笑顔は今でも鮮明に覚えている。元気になったナナを見て、心の底から慈《いつく》しむような優しい笑顔をしていた。

その翔太がネットで書き込まれているようなことをするわけがない。

一般人の書き込みではない新聞社などの記事には、あの事件の続報は今のところ出ていない。翔太が言ったという「人だとは思わなかった」という言葉を綾香は信じている。

店に入ると、アルバイトたちと挨拶を交わして事務所に向かった。部屋には誰もいない。綾香は鍵をかけて、店長がいつも作業している机に向かった。いけないとはわかっているが、机の引き出しを開けてアルバイトの履歴書を探す。

翔太の携帯に連絡してもつながらない状態が続いていた。おそらく警察で保管されているのだろう。自宅の場所も電話番号も綾香は知らない。店長に訊けばいいだけかもしれないが、そんなことをすれば自分たちの関係をあれこれ詮索《せんさく》されそうで面倒だ。

翔太が警察にどんな話をしているのか、もしかしたら自分のもとにも警察がやってくるのではないかとずっと気になっている。家族であれば翔太がどんな話をしているのかがわかるのではないだろうか。

そして何より翔太と話がしたい。これからどうするべきか自分ひとりでは決められない。

翔太の履歴書を見つけると、住所と電話番号をメモ帳に書き留めた。

バイトが終わると、綾香はさっそく翔太の自宅に向かった。

十分ほど歩くと閑静な住宅街があり、メモを確認しながらさらに進むと瀟洒《しょうしゃ》な一軒家の前に七、八人の男女が集まっているのが見えた。その中の何人かが大きなビデオカメラを抱えていることからマスコミの人たちだと察した。

そちらのほうに向かいながら、さりげなく家のほうを窺う。門壁に『籬』という表札が掛かっている。家の雨戸はすべて閉ざされ、人がいるかどうかはわからない。

この状態で訪ねるわけにもいかず、家の前をそのまま通り過ぎ、少し先にある路地を曲がったところで足を止めた。

綾香はバッグから携帯を取り出して翔太の自宅に電話をかけた。

想像していた通り、数コール後に機械音の留守電メッセージが流れた。

「突然、お電話して申し訳ありません。わたしは翔太さんと同じアルバイトをしている栗山綾香といいます。翔太さんの様子が気になっていて、お電話しました。大変な状況なのは重々承知していますが、お時間のあるときにご連絡いただけないでしょうか。翔太さんのことを心配しています……お願いします……」

綾香は自分の携帯番号をメッセージに残すと、電話を切って回り道して駅に向かった。

上尾駅の改札を抜けて階段に向かっているとき、バッグの中から振動音が聞こえた。携帯を取り出してみると、登録していない携帯番号からの着信だった。

「もしもし……」綾香は電話に出た。

「栗山さんでしょうか？」

「はい、そうです」

弱々しい女性の声が聞こえた。

「翔太の母です。留守電のメッセージをお聞きして……」

メッセージを残してからそれほど時間は経っていない。おそらく雨戸で閉ざされたあの家の中にいたのだろう。

「お電話いただきありがとうございます。わたし、バイト先で翔太さんと仲良くさせてもらっていて……それで……」

付き合っているとまでは言えなかった。

「そうですか。わざわざありがとうございます……」

「翔太さんはまだ警察に？」

「ええ……」

「体調とかは？」

「よくわからないんです……わたしたち家族もまだ面会できない状況で……ただ、弁護士さんの話によると、かなりやつれた感じではあるけど、病気などはしていないみたいだと……」

家族さえ会えないのであれば、自分が翔太に会うのはしばらく難しいだろう。

「本人から直接話も聞けない状況で……わたしたちもこれからどうしていいのかと……混乱しています」

「とにかくお母様も、おからだをお大事になさってください」

それしか言えない。

「ありがとうございます……」それまでと違い涙ぐむ声が聞こえた。「あの子が捕まってから、そんな言葉をかけてもらうのは初めてなので……もし、翔太に会えたら、何か伝えますか？」

「釈放されたらわたしに連絡してほしいと。それと……翔太さんのことを信じているとお伝えください」

「わかりました……それでは……」

「あの……」

電話が切られそうになり、綾香は思わず呼びかけた。

「はい、何でしょうか」

「いえ……ごめんなさい。何でもありません。それでは失礼します……」

言えなかった。

10

こちらに伸びてきた細い手に心臓を鷲《わし》づかみにされ、その場から飛び上がった。

目を開けているはずなのにあたりは真っ暗な闇で、相手がどこに潜んでいるのかわからない。薄明かりが漏れるほうに駆け出すと顔に痛みが走った。両手で目の前を探る。金網が張り巡らされているとわかった。

「助けてッ――――！」金網を両手で叩きつけながら絶叫する。

喉《のど》がかれるほど叫び続けると、足音とともに一筋の光が近づいてくる。

「雛、どうした？」

その声と同時に視界一面に光が広がり、眩《まぶ》しさに目を細める。

「助けて！　ここから出して！」

「うるさい。静かにしろ！」

「この部屋に誰かいる。そいつがさっき、胸のあたりをぎゅっとつかんできて……」

「部屋の中をよく見てみろ！」

怒鳴り声に怯《ひる》み、翔太は振り返った。真っ暗な中を懐中電灯の明かりが照らしていく。

震えが止まらない手を伸ばして翔太は布団をめくってみた。

おかしい。誰もいない。たしかに先ほどまでそこにいたはずなのに。

苦しい……助けて……ブレーキを踏んで……と耳もとで訴えながら、爛《ただ》れた顔で近づいてきて、自分の心臓に向けて手を伸ばしてきた。

「亡霊かもな」

その言葉にぎょっとして視線を戻す。金網越しの薄闇の中で、担当官がこちらを見ながら笑っているのがわかった。

少しずつ現実に引き戻される。先ほど自分が見た光景は夢だったのか。

「おまえだけじゃない。ここにはよく亡霊が出るんだよ。隠してることがあるなら取り調べで素直に吐いちまったほうがいいぞ」

亡霊なんて馬鹿馬鹿しい。

「他にもお泊まりしてるやつがいるんだから騒ぐな。わかったか！」担当官がそう言ってその場から離れていく。

翔太は深呼吸して気を落ちつかせると布団に入った。足音がなくなり静寂に包まれる。


「籬、表に出ろ。面会だ」金網越しに担当官が言って錠を外した。

翔太はからだを持ち上げようとしたが、足に力が入らず、なかなか立ち上がれない。壁に手をつきながら何とか立ち上がり、部屋から出る。

この数日、ほとんど寝ていない。睡魔に襲われて目を閉じると、必ずあの夢を見て飛び起きてしまう。

ほとんどご飯を食べていないので、からだに力が入らないのも当たり前かもしれない。空腹であるはずなのに、一口食べただけで胸がむかつき、吐き出してしまう。

もう限界だった。

早くここから出たい。それが叶わないというのであれば、せめて毎晩のように現れるあの悪夢から解放されたい。

本当のことを話せばそうなれるのではないか。

たとえその後、刑務所に入れられることになっても。たとえ家族や友人たちから失望されたとしても。

大谷に会ったら本当のことを話そう。

早く……早くこの地獄から解放されたい。

ドアを開けた担当官に促され、翔太は中に入った。

「翔太――」

声が聞こえると同時に、アクリル板の向こう側で立ち上がる母の姿が目に入り、翔太はうろたえた。

「翔太……そんなにやつれてしまって……」

こちらのほうに手を伸ばしてくる母の目の下にも深いクマがあった。

「とりあえず座りましょう」と大谷に言われ、母が椅子に座った。ハンカチを取り出して目元を拭う。

いつもはそのまま立ち去る担当官が翔太に着席するよう命じ、その後方にある椅子に座った。

「接見等禁止の決定が解かれましたので、お母さんに来ていただきました」

大谷の声に、翔太は頷いた。母の顔を直視できず、すぐに顔を伏せる。

「ご家族の面会は十五分ほどでお願いします」

担当官の言葉に、「わかりました」と神妙そうな声で母が答える。

「お父さんは……」母の顔を見られないまま翔太は呟いた。

「警察の前にはマスコミがたくさんいるから……お父さんは……でも、翔太のことをすごく心配してる」

父が世間から袋叩きにされていることは容易に想像できる。申し訳ない思いで胸が苦しい。

父に会いたい。わからないことや悩んでいることがあると、いつも父は明快な答えを示してくれた。そんな父を頼もしく思い尊敬していた。今まで生きてきた中で一番に父の答えを必要としている。自分はこれからどうすればいいのか、と。

「姉貴……」そこまで言いかけて口を閉ざした。

敦子と真一の今の状態を訊こうとしたが、知るのが怖かった。

「ねえ、翔太……お母さんのことを見て」

その言葉に導かれるように翔太は母に目を向けた。

「あまり時間がないから、まずこれを訊かせて。あなたは人を撥ねたと気づいていて、そのまま逃げたの？」

そうだ――

今となってはそう自覚できる。

自分は人を撥ねたと――

そして、あのとき聞こえたおぞましい絶叫が人間の肉声であったと――

どうしてあのときブレーキを踏まなかったのだろう。自分はいったい何を守りたかったのか。何を恐れていたのか。

飲酒運転で、しかも赤信号を無視して事故を起こしたことで大学を退学になることか。それによって閉ざされる自分の未来の可能性か。それとも教育評論家として活躍する父の面子《メンツ》を保つためか。姉の幸せを奪ってしまうことか。

いずれにしてもそのどれもが今ではどうでもいいことだったと気づく。あのときブレーキを踏んでいれば、ひとりの命を奪わなくて済んだかもしれないのに。

「違うわよね？」すがるような目で母が問いかけてくる。「あなたにそんなことできるはずがない……」

翔太が小さく頷くと、それまで悲愴感を滲《にじ》ませていた母の顔が少しだけ和らいだ。

言わなければいけない。本当のことを言わなければいけない。

「バイト先の栗山さんから連絡をいただいた」

その言葉を聞いて、動揺する。

「翔太のことが心配で電話をくださったって……翔太のことを信じていると伝えてくださいって」

翔太は目を閉じた。瞼の裏に綾香の笑顔が浮かんでくる。

やはり認めるわけにはいかない。

11

インターフォンを何度か鳴らしたが応答がない。

こんな時間に外出しているのだろうか。だが、一階の窓からは明かりが漏れている。

胸騒ぎを覚えながら昌輝はドアに向かい、鍵を開けて中に入った。父がいつも履いている靴が玄関にある。

「お父さん？　お父さん、いる？」

玄関から叫んでみたが返事はない。靴を脱いで玄関を上がるとすぐに居間に向かった。襖を開けると仏壇の前に座った父の背中を見つけて、ほっと胸を撫で下ろす。

「お父さん――」

大きな声で呼びかけると、父がゆっくりとこちらに顔を向ける。

「ああ、昌輝か。急にどうしたんだ？」きょとんとした顔で父が言う。

「どうしたんだって……明日は裁判だからここに泊まることにしたんだよ。電話で伝えただろう」

明日の一時からさいたま地方裁判所で籬翔太の公判がある。朝、名古屋から来ようかと迷ったが、新幹線に遅延があったときを考えて前乗りすることにした。

「そうか……ご苦労様」父がそう言って仏壇に視線を戻す。

母の事件の裁判と聞いても興味を示さない父の様子に不安を抱く。

昌輝はなかなか実家に来ることができなかったが、久美は週に一度は様子を見に来てくれているそうだ。だが、以前よりも極端に口数が少なくなり、ぼうっとしていることも多いと不安を口にしていた。

家の様子を確認しようと台所に行くと、流しに食べ残したコンビニ弁当や食器が散乱していて異臭を放っている。まめに自炊《じすい》しているとは思っていなかったが、想像していたよりもひどいありさまだ。

引き出しからごみ袋を取り出し、コンビニ弁当を片づけて食器を洗った。一通り台所を片づけてもここにやってくる様子がなく、昌輝は居間に戻った。

「お父さん、もうちょっとちゃんとしたものを食べないとからだによくないよ」

仏壇の前でぼんやり座った父からは何の反応もない。

「何も用意してきてないから、今日は寿司でも頼もうか。それとも外に出かける？」

「どっちでもいい……」ようやく父がこちらを向いた。「そんなことよりもお母さんに挨拶したらどうだ」

父のことが気がかりですっかり忘れていた。

昌輝は父の隣に座り、線香を上げて両手を合わせた。目を閉じて心の中で母に語りかける。

明日、お母さんを殺した男が裁判で裁かれるよ。厳罰に処せられるようしっかりと見届けてくるからね——

「わたしは明日の裁判にはいかない……」

父の声が聞こえて、昌輝は目を開けた。父の横顔を見る。二ヵ月ほど前に会ったときよりもあきらかに皺《しわ》が深くなっている。

そのほうがいいかもしれない。犯人を目の当たりにすれば憎しみや悲しみが増すばかりだろう。

「わかった。おれと久美とでしっかりと見届けてくるから」

「おまえにひとつ頼みたいことがある」父がこちらに視線を合わせて言った。

「何？」

「公判の様子を録音してきてほしい」

父を見つめながら昌輝は戸惑った。

「録音って……どうして？」

「君子を死なせた男がどんなことを言っているのかが聞きたい」

それならば裁判を傍聴すればいいではないか。いや、犯人を目の前にすれば冷静でいられなくなると思っているのか。

「録音っていっても……そんなことが許されるのか？」

「わからないが……とにかくよろしく頼む」

父はそう言って頭を下げるとふたたび仏壇のほうに向き直る。

遺影に向けた眼差しを見つめながら、父の心情を推し量れずにいる。

改札のほうに目を向ける久美を見つけて近づいた。

昌輝が声をかけると、久美が驚いたようにこちらを見た。改札から出てくるものと思っていたようだ。

「先に来てたのね」

久美に言われて、「ああ」と頷く。

近くにある家電量販店でボイスレコーダーを買っていた。

「お父さんは？」

「裁判に行くのはやめるって」

余計な心配をさせたくないので、録音を頼まれたことは話さないでおいた。

「そうね……そのほうがいいかもね」

昨日の夜、ネットで裁判の傍聴について調べてみた。その中のひとつに、さいたま地方裁判所でよく傍聴をしているという人物のブログがあり、法廷内での録音や撮影は禁止されていると知った。ただ、傍聴券が必要な大きな事件でないかぎり持ち物検査はされないという。

籬翔太の父親は有名人なので傍聴券が必要な裁判になる。自分たちは被害者の遺族だから、裁判所に申し出て傍聴できるよう手配してもらっている。被害者の遺族も持ち物検査をされるのかどうかはわからなかった。

浦和《うらわ》駅から十五分ほど歩いたところに、さいたま地方裁判所があった。建物の中に入り、受付でどの法廷で行われるのかを確認する。四〇一号法廷だ。別の棟に移動してエレベーターで四階に向かう。

「ちょっとトイレに行ってくる」

エレベーターから降りると久美に言って昌輝はトイレに向かった。個室に入り、鞄から箱を取り出す。説明書を流し読みしてボイスレコーダーの録音ボタンを押すと、念のために右足の靴下の内側に入れてトイレから出る。

　廊下にいた裁判所の職員に声をかけて事情を説明すると、法廷の傍聴席に案内された。法廷に向かって左側の後ろから二列目の席だ。

「目の前から犯人を睨《にら》みつけてやりたかったのに」廷内に視線を据えながら久美が悔しそうに言う。

　一時の開廷が近づくと続々と傍聴人が法廷に入ってくる。『報道関係』とシートが張られた席も含めてほぼ満席だ。

　背広姿の男女が柵の中に入っていき、それぞれ左右の席に着いた。自分たちの近くに座ったのは眼鏡をかけた男性だから、検察官は女性だ。

　廷内のドアが開き、ふたりの刑務官に連れられて若者が入ってくる。

　籬翔太だ――

　黒っぽいスーツを着て手錠をかけられ、腰縄をつけられた籬をじっと睨みつける。

　ネットにいくつか籬の写真が出ていたが、そのときよりも頬がこけ、髪も短くなっている。

　弁護人席に座って刑務官に手錠と腰縄を外される籬はしおらしそうにうつむき、傍聴席のほうを見ようとしない。

裁判官席の後ろのドアが開き、黒い法服を着た三人の男女と六人の裁判員と二人の補充裁判員が入ってくる。

「ご起立ください」

裁判官席の前にいる男性の声に、昌輝は立ち上がった。まわりに倣《なら》って一礼すると席に座る。

「それでは開廷します。被告人は前へ」

一番真ん中に座っている黒い法服を着た年配の男性が言う。おそらく裁判長だろう。籬が立ち上がり、こちらのほうを見ないまま中央の証言台に向かう。

「では確認します。名前は」裁判長が訊いた。

「籬翔太です……」

消え入りそうな声が聞こえた。

「生年月日は」

「平成元年七月二十六日です」

「本籍は」

「埼玉県日高《ひだか》市新堀《にいほり》二十七の一」

「住所は」

「埼玉県上尾市本町《ほんちょう》八の七の六」

「仕事は何をしていますか」

「無職です」

大学は退学になったのか。

「それではこれよりあなたに対する道路交通法違反と危険運転致死の審理を行います。検察官が起訴状を読み上げますので、よく聞いていてください。それではお願いします」

裁判長が目を向けると、女性の検察官が書類を持って立ち上がった。

「公訴事実――被告人は酒気を帯びた状態で、平成二十一年十一月二十一日午前一時頃、埼玉県上尾市菅谷三丁目付近の道路において普通自動車を運転し、横断歩道を渡っていた法輪君子、当時八十一歳を撥ね、そのまま約二百メートルにわたって引きずり、同人を死亡させたものである。罪名および罰条――」

検察官が読み終えると、裁判長が口を開いた。

「それではこれより審理しますが、それに先立って説明しておきます。あなたには黙秘権があります。言いたくないことは言わなくてかまいませんし、これからずっと黙っていてもかまいません。質問されることがありますが、そのときに質問を選んで、ある質問には答えるけれど別のものには答えないということもできます。あなたが黙っていること自体が不利益をもたらすことはありませんが、ここで話したことはあなたの有利不利にかかわらず裁判の証拠となりますので、その点は注意してください」

裁判長の言葉に、籬が頷いた。

「今、検察官が読み上げた事実について、事実と異なる点や、また述べておきたい点はありますか」

「あの……」籬がそう言って口を閉ざした。

「何ですか？　言いたいことがあるのでしたら大きな声ではっきりしゃべってください」

「人を轢いたとは思っていませんでした……」

籬の背中を見つめながら頭に血が上《のぼ》る。

「弁護人は？」

裁判長に目を向けられた弁護人が「被告人と同じです」と答える。

「被告人はもとの席に着いてください」

籬がベンチに戻ると、検察官が立ち上がった。

「それでは冒頭陳述を行います。まず被告人の身上や経歴についてですが……」

その後、籬の経歴や家族構成などが語られ、事故に至るまでと事故後の彼の行動について説明される。

籬はバイトが終わった八時頃から友人ふたりと居酒屋で零時近くまで酒を飲み、その後友人と別れて自宅に戻った。雨が降っているにもかかわらず、急にドライブがしたいと思い立ち自家用車を運転したという。ただ、途中から自分が飲酒運転していることに不安を抱くようになり、そこから近かった桶川駅近くのコインパーキングに車を停め、駅前からタクシーで帰宅した。

防犯カメラに残された映像を解析したところ、法定速度が四十キロの道路を六十キロ近くのスピードで走行していたことが示された。また監察医の証言により、母の死因が二百メートルにわたって道路上を引きずられたことによる出血性ショックによるものであること、また衝突した時点で救護されていれば助かった可能性があったことが告げられた。

「被害者のご家族から意見陳述の手紙をいただきましたので、ここで読み上げさせていただきます」

手に久美の肌が触れる感触があり、昌輝は握り返した。

自分が家族を代表して書いた手紙だ。

「……母が亡くなってからの二ヵ月あまり、わたしたち家族は深い絶望に突き落とされたままです。母は誰に対しても優しく、まわりの人たちから慕われていました。八十一歳という年齢でしたが、母はとても健康で、まだまだやりたかったことや、まわりの人たちに伝えたかったことがたくさんあったでしょう。母の思いは身勝手な被告人の行動によって奪い去られました。被告人は人だとは気づかなかった、また、母が信号無視をして横断歩道を渡っていたと話していると検察のかたから聞き、激しい怒りを覚えています。高齢の母はあまり速く歩くことができないので、信号を無視して道路を渡るとはわたしたちには思えません。また身長が百五十センチ以上ある母を、たとえ深夜で雨が降っている状況であったとしても、撥ね、それが犬か猫だと思ったなどという被告人の言葉は到底信じることはできません。どうして母を撥ねた瞬間に車を停めてくれなかったんだと、被告人に問い質《ただ》したい」

雛はうつむいたまま検察官の声を聞いている。

すぐ目の前に見える男につかみかかって問い詰めたい。

「……そのとき車を停めて救急車を呼んでくれていれば母は助かったかもしれません。二百メートルにわたって引きずられた母はどれほど苦しい思いをしながら亡くなっただろうと、想像するだけで胸が張り裂けそうになります。被告人は母の叫び声を聞かなかったのでしょうか。聞いたうえでそれを無視して走り去ろうとしたのでしょうか。きっと後者であるとわたしたちは確信しています。被告人は過失によって母を死なせたと自分に言い聞かせるかもしれませんが、わたしたち家族は、母は被告人に殺されたのだと思っています。不合理な言い逃れをしているかぎり、わたしたちは一生被告人を許すことはないでしょう。可能なかぎり重い処罰が科されることを願います。検察官からは以上です——」

検察官が席に座ると、裁判長に促されて弁護人が立ち上がる。

籬とその親が謝罪の手紙を書いたが遺族から受け取りを拒否されたことと、籬の親が加入している保険会社から保険金が支払われる見込みであることを告げる。

たしかに弁護人から謝罪の手紙を渡したいと打診されたが、昌輝は受け取りを拒否した。否認している今の状況では、籬の真の反省の言葉が書かれているとはとても思えない。

「それでは弁護人から請求のあった証人を採用して、これから証人尋問を行います。証人のかたは証言台の前に来てください」

裁判長が呼びかけると、右側の最後列にいた女性が立ち上がった。黒い上下のパンツスーツ姿で、後ろに束ねた長髪には白いものが目立ち、やつれた表情で職員に促されながら廷内に入っていく。証言台の前に立つと、職員から紙を渡される。

「それでは、宣誓書を読み上げてください」

「宣誓……良心に従って真実を述べ、何事も隠さず、偽りを述べないことを誓います」

女性は震えた声で読み上げると、持っていた紙を職員に返した。裁判長に席に着くよう促され証言台の前に置いた椅子に座る。

「それでは弁護人の大谷からいくつか質問させていただきます。裁判官席のほうを向いてお話しください。まず、あなたと被告人との関係を聞かせてください」

弁護人の質問に、女性が「母親です」と答える。

法廷内にかすかなどよめきが起きた。父親の籬敬之が証言に立つのを期待していたマスコミの落胆の声だろう。

「息子さんが飲酒運転の末にこのような事故を起こしたことに対して、どのように思われていますか」

女性が顔を伏せ、呻《うめ》き声を漏らす。

「とんでもないことをしてしまったと……取り返しのつかないことをしてしまったと思っています……」

「息子さんは事故の四ヵ月ほど前に二十歳になっていますが、それ以前からお酒を飲んでいたようでしたか」

「家でお酒を飲んでいたところは見たことはありませんが……友達や、サークルの集まりなどで飲むことがあったようだとは……」

母親の話を聞きながら、和希はいつ頃から酒を飲むようになっただろうかと思い返す。たしか、高校を卒業する前にはたまに家でビールなどを飲んでいたように思う。

「二十歳になるまでお酒を飲むことは法律で禁止されていますよね。そのことはご存知でしたか」

「もちろんです。ただ、わたしも夫も……大学に入ったときからお酒を飲んでいたので、そのことについてはあまり強くは言えませんでした……人に迷惑をかけるような飲みかたさえしなければと。認識が甘かったです」

その後、弁護人が日常的な吶の素行などについて訊いていく。子供の頃から特に問題を起こしたことはなく、いたって普通の規範意識を持った子供だと母親は答えている。

また裁判後については今まで以上に息子を厳しく監督していくと話した。

「被害者のご家族にお手紙を書かれましたね。どのようなことをお伝えしたかったんでしょうか」

「ただひたすら息子がしてしまったことのお詫びの気持ちをお伝えしたい一心でした。息子がしたことの責任は当然親にもあると思っています。手紙は受け取っていただけませんでしたが、わたしたち家族ともども、これから一生をかけて被害者のご遺族に償っていきたいと思っています」

「わかりました。弁護人からは以上です」

「それでは検察官――」

裁判長の言葉に、検察官が立ち上がって母親のほうを見る。

検察官が次々と厳しい質問を母親に向けて投げかける。弁護人とのやり取りではよどみなく答えていた母親だったが、検察官の質問に対しては頻繁に言葉を詰まらせ、苦悶《くもん》の表情を滲ませながらうなだれる。

母を殺した被告人の親なのでとうぜん憎しみはあるが、心の片隅に同情めいた心情もあった。

和希が絶対に罪を犯さないとは言い切れず、自分もいつ何時あの立場に立たされるかわからない。

「検察官からは以上です」

検察官の言葉に、母親が溜め息を漏らしたのがわかった。

「それでは証人はお戻りください」

憔悴した顔をハンカチで拭いながら傍聴席に戻っていく母親を昌輝は見やった。

「続いて被告人質問を行います。被告人は証言台の前に来てください」

裁判長の声に、昌輝は籬に視線を戻した。弁護人席から立ち上がり、籬が証言台に向かう。相変わらず視線をこちらに向けることはない。

「それでは弁護人の大谷から質問します。まず、当日の夜に友人たちと飲んでいたときの様子を聞かせてください」

籬が訥々《とつとつ》とした口調で弁護人の質問に答える。

夜の八時頃からバイト先の友人ふたりと飲み始め、車を運転するまでに生ビール三杯、サワー三杯、日本酒をひとりあたり一合ほど飲んでいたという。酒には強いほうで、ほとんど酩酊《めいてい》しておらず、また運転も通常通り行えていたが、急に飲酒運転していることが怖くなり、桶川駅近くにあるコインパーキングに車を停めてタクシーで帰宅したと話した。

事故当時については、たしかに何かにぶつかった衝撃は感じたが、それほど激しいものではなかったので人ではないと思ったと証言した。あたりは真っ暗だったので、もし犬や猫を轢いたのであればその死骸を確認するのが恐ろしく、また雨も激しく降っていたので停車することをためらってそのまま走り続けたという。

「被害者やそのご遺族に何か言いたいことはありますか」

弁護人に訊かれた後、籬が洟《はな》をすすった。

「本当に申し訳ないことをしたと思っています」嗚咽交じりの声が聞こえる。少し間があった後に言葉を続ける。「三年ほど前に……父方のおばあちゃんが亡くなりました。おばあちゃんは病気で亡くなりましたけど……ものすごく悲しかった。ご遺族のかたにそれ以上の悲しい思いをさせてしまったと思うと……」そこで言葉を詰まらせる。

小刻みに震える籬の背中を見つめながら、涙の理由を想像する。

それは母を死なせたことへの改悛《かいしゅん》の涙なのか。それとも自分の将来が閉ざされてしまうかもしれないという不安からくる涙なのか。

「遺体の損傷が激しいので、葬儀ではご家族や参列されたかたも顔を見てお別れができなかったと聞きました。自分はおばあちゃんの顔を見てしっかりとお別れできたけど……あのときどうしてお酒を飲んで車を運転してしまったのか……飲んでなければもっと冷静な判断ができたかもしれなかったのにと後悔してもしきれません」

「そうですね。冷静な判断ができていたなら、犬や猫を轢いてしまったと思ったとしても、勇気を持って車を停められていたかもしれませんね」

弁護人の言葉に籬が頷く。

「弁護人からは以上です」弁護人が裁判長に言って席に座る。

裁判長の呼びかけに、検察官が立ち上がった。鋭い眼差しを籬に向ける。

「それでは検察官の小川《おがわ》からいくつか質問させていただきます。まず被告人が、自分は人を撥ねてしまったとあきらかに認識したのはいつですか」

籬が弁護人のほうをちらっと窺う。弁護人が頷きかけるのを見たようで検察官に視線を戻す。

「警察署に連れていかれて話を聞いたときです」

「それよりも先に、もしかしたら人を轢いてしまったかもしれないと思ったりしませんでしたか」

「ええ……」

「当日のお昼頃にはニュースでひき逃げ事件のことも報じられましたが、観ていませんでしたか」

「はい」

「そうですか。少し質問を変えます」検察官がそう言って手に持った書類をめくる。

「わたしも先日、あなたが走行していたとされる午前一時頃に同じ道を車で走ってみたんです。まわりは工場や運送会社が点在しているだけでやっているお店などもなくて、たしかにその時間帯は暗いですよね。でもまっすぐな一本道で見通しは非常によかったと記憶しています」

検察官のほうを向いた籬の横顔を注視する。すでに目からは涙が引き、どのような質問をされるのかという不安げな表情を浮かべている。

「交通課の鑑識の結果によると、亡くなった法輪さんはまず左側前方のバンパーにぶつかり、転倒したところを前輪に巻き込まれてそのまま引きずられたとあります。前方をしっかりと見て運転していたのに、ぶつかったのが人だと認識できなかったという証言はちょっと信じられないんですが」

「一瞬だけ……目を離していました」

「目を離していた？　どうしてですか？」検察官が首をひねりながら訊く。

「カーオーディオの音楽を変えるためです。でも、ほんの一瞬でした」

「そのときに法輪さんとぶつかったということですか」

「タイミング的にはそうとしか……」

「でもあなたは青信号を認識して横断歩道を通過したんですよね？　一瞬であったとしても目を離していたのであれば、どうして青信号だったと言い切れるんですか」

「カーオーディオを見る直前まで青でしたし、横断歩道を通過したときも確かに青でした」

「通過したときに後ろの信号が青だったとどうしてわかるんですか」

「バックミラーに青い光が浮かんでいましたから」

「どうしてバックミラーを見たんですか。後続の車はなかったと思いますけど」

「たまたまです」

「何かに激しくぶつかってしまった。それで思わずバックミラーで信号を確認したということではないんですか？」

「違います」声音に若干の苛立たしさが滲んでいる。

「それでは次の質問に移りますが……先ほどの弁護人の質問にもありましたが、どうしてコインパーキングに車を停めようと思ったんでしょうか」

先ほどの弁護人の質問には、急に飲酒運転しているのが怖くなり、コインパーキングに停めることにしたと語っていた。

「さっき、弁護人に言ったとおりです」鏑が抑揚のない口調で答える。

「飲酒運転をしているのが怖くなったから」

「ええ……」

「どうしてそのまま家に戻らなかったんですか」

その質問に籬が口ごもる。

「自宅からそれほど離れていないあの事故現場で、その度合いはともかく、何らかの衝撃を感じたんですよね。ただ、そこから桶川まではまだかなりの距離があります。事故現場で衝撃を感じたときに、飲酒運転はマズいとは思わなかったんですか？」

「ちょっと質問の意味が……」

「車を家に置いていてはマズいと思ったから、とりあえずコインパーキングに停めようと考えたのではないですか」

「たしかにそれもあったかもしれません。もしかしたら車に犬か猫の死骸が引っかかっているかもしれないと……」

「午後一時二十分頃にコインパーキングに戻っていますよね。防犯カメラの映像にあなたの姿が映っていますが、車内から取り出した窓拭き用のシートのようなもので車の側面やタイヤなどを拭いているように見えましたが……」

籬は黙っている。

「そのときも人を轢いたかもしれないという認識はありませんでしたか?」

「ええ……」

「犬か猫の血ではないかと?」

「何かの血だというふうには思いませんでした。汚れはついていましたけど」

籬の声が震えているように感じる。

「検察官からは以上です」

「被告人はもとの席に戻ってください」

裁判長に言われ、籬が証言台から離れる。先ほどよりもさらに頭《こうべ》を垂らしながら弁護人席に座った。

「検察の論告をお願いします」

裁判長の言葉に、引き続き検察官が口を開く。

「それでは検察官の意見を述べます。今回の犯行は酒酔い運転の末に人を撥ね、さらに被害者を救護することなく、それどころかそこから約二百メートルにわたって引きずった後に逃走するという極めて悪質且《か》つ身勝手なもので、被告人に同情できる点はありません。また、被告人の供述は非常に不合理なものであり、真摯に事件について反省しているとは言いがたいです。亡くなるまでに被害者が感じたであろう苦痛は想像するに余りあり、被害者遺族の被告人への処罰感情も峻烈《しゅんれつ》です」遺族の思いを代弁するような厳しい論告がしばらく続く。「……以上諸般の事情を考慮し、被告人を懲役六年の刑に処するのが相当と考えます。検察官からは以上です――」

懲役六年――

最後に見た母の顔が脳裏をよぎり、その罰の軽さにからだが震える。

続いて弁護人が立ち上がって話し始めるが、ほとんど言葉が頭に入ってこない。ただ、寛大な処置を求めているのだけはわかった。

「それでは被告人は前に来てください」

もうすぐいなくなってしまうと理解し、あらためて籬を睨みつける。

「次回は判決になりますので、最後にあなたの口から何か言いたいことがあれば述べてください」

「このような事件を起こしてしまい、被害者やそのご遺族には本当に申し訳ない思いでいっぱいです。これから自分が犯してしまった罪としっかり向き合っていきたいと思います」

籬が席に戻ると、裁判長と検察官と弁護人の間で次回の日程を打ち合わせる。

「それでは判決の言い渡しは二月十五日の午後二時から、この法廷で行います。本日は以上です」

裁判長の言葉に、昌輝を含めて法廷内の全員が立ち上がった。一礼すると裁判官や裁判員が出ていく。

籬はふたたび手錠と腰縄をされ、一度もこちらに顔を向けないまま刑務官とともに奥に消えていった。

籬の姿が廷内からなくなると、久美が右側の傍聴席に目を向けた。怒りの矛先《ほこさき》をなくし、代わりに肩を落として座り込んでいる母親を睨みつける。

「行こう」

この場から早く立ち去りたいと、久美を促して法廷を出てエレベーターに乗った。

「少しは反省して本当のことを言うかと期待してたけど……言い訳ばっかりで腹が立つ。弁護人もあんないい加減な話を本当に信じてるのかしら」怒りが収まらないようで久美がまくしたてる。

籬が真実を話しているとは自分もとても思えない。

「裁判っていうのはそういうもんだろうからな」

一階に着くとトイレに立ち寄り、靴下に挟んでいたボイスレコーダーを取り出して停止ボタンを押した。父に録音を聞かせるべきか悩みながらボイスレコーダーを上着のポケットにしまい、昌輝はトイレを出た。

12

刑務官に促され、翔太は顔を伏せながら足を踏み出して法廷に入った。じっと床に視線を据えながら弁護人席に座り、手錠と腰縄を外される。

「ご起立ください」

立ち上がったとき、傍聴席の様子が視界に映った。左端の最後列の席に立つ母と目が合った。前回の公判と同様、父と敦子の姿はない。悲愴な表情で一礼する母を見ながら翔太も頭を下げ、席に座る。

「それでは開廷します。被告人は前へ」

裁判長の声に、翔太は立ち上がった。傍聴席を見ないようにしながら証言台の前に立ち、裁判長に目を向ける。

「これからあなたに対する判決を言い渡しますので、よく聞いていてください」

翔太は裁判長に頷きかけた。

「主文、被告人を懲役四年十ヵ月の刑に処す――」

目の前が真っ暗になった。思わず膝をつきそうになり、証言台に手をつく。

裁判長はその理由について話しているようだが、まったく頭に入ってこない。

四年十ヵ月間、自分は刑務所に入れられる。三ヵ月弱の留置場や拘置所での生活すら限界に達しているというのに。

「……裁判所の判断は今述べた通りです。実刑という厳しい判断が下されましたが、裁判所としてはあなたがこれから自分の犯した罪と真摯に向き合い、被害者の冥福を心から祈り続けて、更生に向けて取り組むことを願います。わかりましたか？」

頷こうとするが、からだが硬直していてうまくできない。

「また、あなたには控訴する権利があります。今回の判決に不服でしたら明日から十四日以内に高等裁判所のほうに申し出てください。以上です——」

裁判長をはじめ視界に映る人たちが立ち上がって一礼する。裁判官や裁判員が出て行き、刑務官が近づいてきて自分に手錠をかけて腰縄をつける。

翔太は首を巡らせて傍聴席のほうを向いた。最後列で立ちすくむ母の姿を見つめる。ハンカチで目頭を押さえていた。

これから五年近く、アクリル板を挟んでしか会うことができない。

マスコミや傍聴人の目を気にして父は今日も来なかったのだろうか。それとも自分はとっくに父に見放されたのか。

アクリル板越しでいいから、父に会いたい。どんなに責められても怒鳴られてもいい。ただ、まだ自分が父の子供だと思っていいと感じられる言葉を聞きたい。

「この後、お母さんとお話ししてから接見に行きます。控訴するかどうかはそのとき話し合いましょう」

大谷の声に続いて、「行くぞ」と刑務官に言われ、翔太は母に背を向けた。

一瞬、傍聴席からこちらを見つめていた男と目が合った。

父と同年代に思える男は前回の裁判と同じく右端の後ろから二列目の席にいた。こちらを見る鋭い目つきから、おそらく被害者の家族なのだろうと察した。

わたしたち家族は、母は被告人に殺されたのだと思っています――

憎悪の視線を背中に感じながら、翔太は早足で法廷を出た。

13

耳を澄ませて青年の声を聞いていると、ベルの音が聞こえた。

二三久は老眼鏡をかけてボイスレコーダーの停止ボタンを押した。それをズボンのポケットに入れると同時に、襖が開く気配がした。振り返ると昌輝が居間に入ってくる。

久美は仕事で行けないと電話で言っていたので、昌輝ひとりで判決を聞いてきたのだろう。

「懲役四年十ヵ月の実刑だ」

「そうか……」二三久は呟き、仏壇に視線を戻した。

これから五年近くは籬翔太に会うことができないということだ。

「とりあえずお母さんに報告しなさい」

二三久が言うと、昌輝が隣に正座して線香を上げる。かなり長い時間、両手を合わせていた。

「裁判では人だとは思わなかったと言っていたが、本当だと思うか？」

問いかけると、昌輝が目を開けてこちらに顔を向ける。

「嘘に決まってる。裁判でもそう判断された」

何度も彼の供述を聞いたが、自分もそう思う。

「お母さんの命を奪っておいて四年十ヵ月の懲役というのはおれも納得できない。だけど、どんなことをしてもお母さんは戻ってこない。ここでひとつ区切りをつけるしかない」

「区切り？」二三久は首をひねった。

「ああ……名古屋に来ないか？　ここでひとりで生活するのは大変だろう」

「何を言ってるんだ。わたしはここにいるよ」

「名古屋から度々様子を見に来るのは難しいし、久美だってこれから娘の受験で忙しくなるから頻繁に来られなくなる」

「別に来なくたっていい。わたしひとりで大丈夫だ」

「そういうわけにはいかないよ。お母さんだってきっとお父さんのことを心配してる。おれたちだって何かあったときに後悔……」

「やらなければならないことがあるんだ」

遮って言うと、昌輝が驚いたように身を引いた。

口調が強くなってしまったようだ。

「やらなければならないことって何だよ？　名古屋に行ったらできないことなの？」

籬翔太に会わなければならない。

そのときまでは彼に自分の顔を知られないほうがいいと思い、裁判の傍聴をしなかったのだ。

彼が社会に出てきたときに自分は九十一歳になっている。それまで生きていられるだろうか。

いや、生きなければならない。

14

車が停まったのを感じて、翔太は顔を上げた。車窓の外にビルや信号機が見える。まだ着いたわけではなさそうだ。

そのまま首を巡らせて、車内の様子を窺った。席に座った四人の受刑者は先ほどまで翔太がしていたように膝の上に視線を据えてうなだれている。全員が自分よりもあきらかに年上だ。

護送車が動き出して車窓の風景が変わる。雲ひとつない青空だ。今まで薄暗い部屋で生活していたせいか、日差しが眩しく感じられる。それでもしばらく見られなくなる景色に、目を細めながら車窓の外を見つめ続けた。

判決の翌日から十四日以内に控訴しなかった翔太は懲役四年十ヵ月の刑が確定した。

接見に来た大谷は、控訴をしても勝ち目が薄いだろうという自身の見解と、被害者遺族の心情に鑑《かんが》みて控訴しないほうがいいのではないかという両親の意見を告げた。これから四年十ヵ月もの間、刑務所に入ることになるなど絶望しか感じられないが、翔太は頷くしかなかった。

控訴すればさらに弁護士の費用もかかるだろうから、これ以上両親に迷惑をかけるわけにはいかない。

それに控訴したとしても拘置所の檻に閉じ込められる生活は変わらないだろうし、勝ち目が薄いということは刑務所に行くのが先延ばしになるだけだ。

朝食の後、刑務官から川越《かわごえ》少年刑務所への移送が告げられ、ひさしぶりに私服に着替えて護送車に乗せられた。

護送車がふたたび停車した。信号待ちのようで隣の車線に大型バスが並ぶ。自分が乗っている護送車は車高が高いので、今までまわりを走る車の運転手などと視線が合うことはなかったが、バスの乗客の顔が視界に入った。

乗客たちから好奇な視線を向けられ、翔太は思わず顔を伏せた。顔や手錠を見られないよう、座席に深くもたれかかったり、窓に背を向けようとからだを半分ひねったりする。

だが、それも意味のないことだと感じながらひたすら恥ずかしさに耐えていると、ようやく車が動き出した。

しばらくするとふたたび車が停まった。話し声が聞こえて顔を上げる。正面に重々しい鉄扉が見え、車に乗っている刑務官と外にいる制服姿の男が話している。

「確認しました――」

鉄がきしむ大きな音とともに鉄扉が開き、護送車が刑務所の中に入っていく。

手錠と腰縄をしたまま自分のバッグを持ち、護送車から降ろされる。刑務官に指示されるまま五人続いて建物に入り、廊下を進んでいく。『新入調室』と札の掛かった部屋に入る。

部屋にいた刑務所の刑務官の男に、ここまで自分たちを連れてきた拘置所の刑務官が書類を渡す。

「そこの丸椅子に座って待て」

刑務所の刑務官に言われ、翔太たち五人の受刑者は椅子に座った。

しばらく待っていると白衣を着た男が入ってきて、順番に身長や体重などを計り、健康状態を訊いていく。

続いて違う部屋に連れていかれ、刑務官から持ち物の検査を受ける。石鹸《せっけん》一個、石鹼入れ一個、ちり紙一束、歯磨き粉、歯ブラシ一本、手ぬぐい一つ以外は取り上げられた。

「衣服を全部脱げ」

刑務官に命じられ、翔太は服を脱いだ。

「パンツもだ！」

三人の刑務官の無遠慮な視線にさらされながら、翔太はパンツを脱いで全裸になった。ひとりの刑務官が書類を持って近づいてくる。

「大きく口を開け」

刑務官に言われるまま口を大きく開く。

「口を開けたまま、舌を上下しろ」

どうやら何かものを隠していないか調べているようだ。

「向こうを向いて、背をかがめて尻を突き出すようにしろ」

言われたように腰をかがめ、尻を刑務官に向けて突き出す。

「両手で尻の穴を大きく開けろ」

恥ずかしさと屈辱感に耐えながら言われたようにする。

「よし、もとに直れ」

翔太は尻に添えていた手を離し、からだを起こした。手が小刻みに震えている。

「そこにある衣服を着ろ」

刑務官に言われ、テーブルに並べられている下着と囚人服を手に取る。どれも新品ではなく薄汚れている。

囚人服に着替えると、暗室に連れていかれた。自分の名前を書いた板を持たされて写真を撮り、また違う部屋に向かう。

その部屋には教壇のような台があり、その上に刑務官が立っている。名前と年齢と罪名と刑期を言うよう告げられる。

「籬翔太……二十歳です。危険運転致死と道路交通法違反……懲役四年十ヵ月です」

翔太が言うと、刑務官から刑務所生活に関する注意などが語られた。

「君が刑務所を出所するまでの呼称番号は一〇二四番だ。何事にもこの番号が使われるので、よく覚えておくように」

今日から自分は籬翔太ではなく、一〇二四番――

「君の刑期の満期期限は平成二十六年十二月二日だ。それまで事故を起こさないように務めること。真面目に務めれば仮釈放の恩典《おんてん》が与えられるようになっている。わかったな！」

「はい……」

「声が小さい！」

刑務官の怒声にびくっとして、「はい！」と姿勢を正して言った。

自分とそれほど年が変わらないように思える刑務官が近づいてきて、部屋を出るよう促される。いくつかの錠を開けながら若い刑務官とともに廊下を進んでいく。建物の窓にはすべて鉄格子が取り付けてある。刑務官が立ち止まり、腰に掛けていた鍵を取って目の前の古びた扉を開けた。

「入れ」

足を踏み入れると、三畳ほどの部屋だった。狭いがトイレと洗面台がついている。

「一週間ほど新人教育をした後、雑居房に移る」

刑務官がそう言ってドアを閉める。鍵をかける乾いた音が耳に響いた。

第二章

1

食事を終えてしばらくすると刑務官がやってきた。

「準備はいいか」

刑務官に訊かれ、「はい」と翔太は頷いて房を出た。刑務官に続いて廊下を歩き、案内された部屋に入る。テーブルの上にここに持ってきたバッグが置いてある。その横のケースには財布と自宅の鍵と携帯が入っていて、さらに真新しい衣類も置いてある。

預けたままの服で出所したくはなく、母が面会に来たときに新しい服を送ってほしいと頼んでおいた。

翔太は囚人服を脱いで新しい服に着替えた。財布や携帯などの領置品の確認をして、書類にサインするとバッグを持って部屋を出た。

刑務官について通路を渡っていくと、大きなガラス窓のある部屋に着いた。ここで五年近く生活していても知らなかった場所だ。窓際のベンチに座っている母の姿が目に留まった。翔太に気づいたようで母が立ち上がる。

「もう戻ってくるんじゃないぞ」

刑務官の声が聞こえ、翔太は向き直った。「お世話になりました」と深々と一礼して母のもとに向かう。

「おかえりなさい」

涙ぐみながら母に言われ、翔太は言葉なく頷いた。

「けっきょく満期になっちゃって……」

母の恨《うら》めしそうな呟きに、翔太は返す言葉が見つからずに顔を伏せる。

一年ほど前に仮釈放の許可が下りたが、同房の受刑者と口論したことで懲罰となり、取り消された。

刑務所に入る前や、入ってからしばらくの間は、一日でも早くここから出たいと渇望した。だが、いざ社会に出るのが現実になるとどうにも怖くなってしまい、わざと懲罰に掛けられるようなことをしてしまったのだ。

母が出口に向かって歩き出したので、翔太は後に続いた。

建物から出ると、眩しい日差しに照らされた。目もとを手で覆いながら、車が数台停まっている駐車場に向かう。母が近づいていくと、その中の一台の後部座席のドアが開いた。タクシーでここに来たようだ。

母とともに後部座席に乗り込むと、こちらの様子を窺うような運転手の視線をバックミラー越しに感じた。

どうして自家用車で来なかったのだろう。母だってこんなところにタクシーで来るのは嫌だったはずだ。

息子があんな事件を起こしてしまったので車を手放したのかもしれない。

「川越ステーションホテルまでお願いします」

運転手に告げた母に目を向ける。どうして自宅ではないのかと思ったが、翔太は何も言わないでおいた。

タクシーが走り出し、車窓に目を向ける。

ずっと異国の地にいるような気がしていたが、自宅と同じ埼玉県内だったのを思い出す。

ホテルの前に着き、タクシーから降りると、翔太は窺うように母を見た。

「とりあえずここに二部屋取ってるの。部屋でこれからのことを話しましょう」母はそう言ってホテルに入っていった。

チェックインのときに母は旧姓を名乗った。そのことも気になりながら母とエレベーターに乗り込む。

母は定期的に面会に来てくれたが、父と敦子が来たことは一度もなかった。面会では、いつも頑張りなさいという旨《むね》の言葉ばかりで、家族それぞれの近況に触れることはなかった。唯一触れられていたのは、ナナは元気にしているということぐらいだ。

「姉貴は……真一さんとは？」

恐る恐る訊ねると、母が表情を曇らせて「部屋で話しましょう」とだけ答えた。

部屋はツインのベッドで、窓際に向かい合って座れる小さな椅子とテーブルがあった。冷蔵庫からミネラルウォーターのペットボトルをふたつ取り、母が椅子に座った。翔太も向かい合わせに腰を下ろす。

「敦子は真一さんと結婚しなかった」母がこちらをじっと見つめ、抑揚のない口調で言った。

「おれの……あの事件のせいだよね？」

翔太が言うと、曖昧そうに母が首を振った。

「わからない。敦子は何も話そうとしないから」

「今も独身なの？」

母が頷く。

「チェックインのとき、村上《むらかみ》って名乗ってたけど……」

母が少し顔を伏せ、小さな溜め息を漏らした。

「お父さんとは三年前に離婚したの。今は敦子と熊本の実家にいる。敦子は地元の農協で働いてるわ。わたしは年齢がいってるからなかなかいい働き口がなくて、スーパーのパートのおばさん」

母の実家には何度か行ったことがあるが過疎化の進んだ田舎《いなか》だ。

それらのことを知り、母がタクシーで刑務所に来たことやホテルを取っていた理由がわかった。

「お父さんとはどうして……」

自分のせいに違いないが、訊かずにはいられなかった。

「何て言ったらいいんだろう……もう、以前のお父さんではなくなってしまったから」

「どういう意味？」

「お酒に頼るような生活になってね……」そこで言葉を濁《にご》す。

翔太のせいで以前のような仕事ができなくなってしまったからだろう。

「あなたはお父さんとはもう一緒に暮らすことはできない。これからは熊本で生活しない？」

母に訊かれ、翔太はためらった。

敦子に合わせる顔などないのに、さらに一緒に生活することなんてできない。敦子だって翔太と一緒に暮らすのを望んでいないだろう。

「もし、わたしたちと一緒に暮らすことに抵抗があるなら、近くで部屋を借りればいいから」

近隣の人たちは翔太が起こした事件のことを知っているのだろうか。もし今は知らなかったとしても、翔太が近くに住むことになれば、いずれわかってしまうかもしれない。そうなれば母や敦子にふたたび嫌な思いをさせてしまうだろう。

「いや……こっちでひとりでやってみるよ」

翔太が言うと、「そう……」と母が心配そうに眉根を寄せる。

「さっそく明日にでもこれから住むところを探そうと思うんだけど」

「じゃあ……わたしも一緒に行くわ。ただ、アパートを借りるための資金は何とかしてあげられるけど、それ以降の手助けはあまり期待しないでね。おじいちゃんもおばあちゃんも介護にお金がかかって、うちもかなり厳しい状況だから……」

「わかってる」

「あと……」

母がバッグから名刺を取り出してテーブルに置いた。『SK法律事務所　大谷吉《よし》克《かつ》』と書かれた名刺だ。

「お世話になったんだから、近いうちにご挨拶に伺いなさい」

翔太は頷いて名刺をつかんだ。

「それから明日、家庭裁判所に行きましょう」

裁判所という言葉にぎょっとする。

「どうして？」

「苗字を変える申請をしなければならないから。敦子もそうして村上敦子になったの。籬というのは珍しい苗字だから」

母の言葉の意味を考える。

「お父さんはもともとだけど、わたしも敦子もネット上ではかなり有名人になってしまったから」

犯罪者の家族として名前などの情報がネットにさらされたのだろう。

「少し考えさせて……」

翔太が言うと、「どうして？」と母が身を乗り出してくる。

「あなたの名前をネットで検索したら、今でも事件の記事がたくさん出てくるのよ」

それはわかっている。だけど、父はその名前をずっと背負っていかなければならない。その原因を作った自分が易々《やすやす》と逃げるわけにはいかないだろう。

「しばらく今の名前で自分なりにやってみる……」


アラームをかけていないのに六時五十分に自然と目が覚めた。

刑務所に服役していたときの習慣が染みついていると実感すると同時に、そんな自分のからだが忌まわしく思える。

翔太は起き上がると、敷布団と掛布団をきちんと畳んで押し入れにしまった。洗面所に行って顔を洗い、歯を磨く。古いアパートなので洗面所のお湯は出ず、タオルで拭った顔が冷たさでひりひりしている。

出所した翌日、母とともに不動産会社を巡り、北本《きたもと》駅から十五分ほど歩いたところにあるこのアパートに決めた。六畳と四畳半の和室に台所がついていて、風呂もトイレも別だ。それだけの広さがあるにもかかわらず家賃が三万八千円というだけあり、築五十八年の古い物件だ。トイレは和式で、壁や天井が安普請なので、まわりの音がよく届く。

どのあたりで探すかと母に問われ、とっさに北本という地名が出た。以前の住まいやバイト先がある上尾駅と違う路線がいいのではないかと母は考えたようだが、自分の気持ちは固まっていた。

これからの生活を考えると住む部屋にあまりお金はかけられない。上限を四万円に設定して探したところ、思いのほか物件は少なかった。三万円台の物件もなくはなかったが、そのどれもが五畳から六畳のワンルームだ。比較的新しい物件で、エアコンやミニ冷蔵庫やコンロなどの設備も整っていたが、部屋の中に入ってドアを閉めると、激しい動悸がして止まらなかった。

どうやら拘置されていたときの経験から閉所恐怖症になってしまったようで、古くてエアコンが付いていなくても比較的広い部屋を選ぶことにした。

六畳の部屋に戻って着替えると、昨日コンビニで買ったサンドイッチを食べながらフリーペーパーの求人誌に目を通す。大宮にある印刷会社の求人に目を留める。正社員の募集で学歴不問とある。

九時を過ぎた頃に翔太はその会社に電話した。明日の午後二時に面接の約束を取りつけて電話を切る。

携帯の画面を見つめた。以前の待ち受け画面は自分と綾香のツーショット写真だったが、今は初期設定のものに戻している。

これらの携帯はガラケーと呼ばれ、今の主流はスマートフォンになっていると、携帯電話会社で再契約したときに知った。そのスマートフォンではテレビや映画なども高画質で観られるというが、とても高くて今の自分には持つことができない。けっきょく電話番号は変わってしまうが、五年前まで持っていたこのガラケーを使えるようにしてもらった。

携帯を見つめながら父のことを考えた。もう、以前のお父さんではなくなってしまったから、という母の言葉が気にかかっている。

お酒に頼るような生活になってしまったと母は言っていたが、からだは大丈夫なのだろうか。

一言、父に詫びたい。でも、父の携帯に電話をかける勇気が持てない。自分はどうしようもない意気地なしだ。

携帯を見つめているうちに母から言われていたことを思い出し、財布を手に取って中から大谷の名刺を出した。

新しい生活が落ち着くまではと先延ばしにしているうちに、出所してから一週間が経っている。

大谷に会えば五年前のことを思い起こしてしまうだろうから気が乗らないが、こういうことは早めに済ませてしまったほうがいい。

翔太は名刺にある番号に電話をかけた。

浦和駅からしばらく歩いていると、名刺にあるビルが見つかった。

少し緊張しながら翔太はエントランスに入り、エレベーターに乗った。三階にSK法律事務所があり、入り口に電話機が置いてある。受話器を持ち上げて耳に当てると、女性の声が聞こえた。

「籬と申しますが、大谷先生をお願いします」

すぐに入り口に女性がやってきて、「こちらにどうぞ」とすぐ横にある部屋に案内された。打ち合わせ用のスペースになっているようで、四人掛けのテーブルがある。

「大谷は電話中ですので、お掛けになってお待ちください」女性がそう言って部屋を出ていく。

翔太が座ってすぐに、先ほどの女性が戻ってきて自分の前にお茶を置いた。女性が出ていってしばらく待っていると、ドアが開いて大谷が入ってくる。

「その節はいろいろとお世話になりました」翔太は立ち上がって頭を下げた。

「いえ、こちらこそ力が及ばなくて申し訳ありませんでした」

「これ……つまらないものですけど、事務所の皆さんで……」

翔太が菓子折りを差し出すと、大谷が礼を言って受け取り、向かい合わせに座る。

「お母様からは毎年年賀状をいただいているんです。熊本で生活してらっしゃるみたいですね」

「ええ」

父と離婚して姉とともに熊本に移ったことを話すと、知っているというように大谷が頷いた。

「雛さんも熊本に？」

「いえ、自分は北本でひとり暮らしをすることにしました」

「そうですか。お仕事のほうは？」

「今、探しているところです。できるだけ早く見つけたいと思っています」

あの部屋を借りるのに二十万円近くかかった。さらに生活に最低限必要になりそうな、布団、座卓、冷蔵庫、電気ストーブ、食器、解約していた携帯電話の再契約と今後しばらくの生活費として、三十万円を母から借りることになった。できるだけ早く返したいと思っている。

「いい仕事が見つかるといいですね。ところでせっかくお越しいただいたので、余計なことかもしれませんが……」大谷がそこで言葉を切る。

「何でしょうか？」

「もし、籬さんが望むのであれば、法輪さんのご遺族にご連絡することもできます」

その名前を聞いた瞬間、血の気が引いた。意味がわからないまま大谷を見つめる。

「ひとつのけじめとして、被害者の仏前にお線香を上げさせていただいたらいかがでしょうか。もちろん先方が承諾されるかどうかはわかりません。ただ、こちらから打診をすることで、多少なりとも籬さんの反省の気持ちを受け取ってもらえるのではないかと思います」

大谷の言葉を聞きながら、喉の渇きを覚え、唾《つば》を飲み込んだ。

わたしたち家族は、母は被告人に殺されたのだと思っています——

とても被害者の遺族に会う勇気は持てない。それ以前に、被害者の遺影を直視することさえできる自信がない。

翔太は自分が死なせた老女の顔を知らない。ネットで事件を検索することもできたかもしれないが、その人が自分のせいで死んでしまった事実を考えると胸が苦しく、そうすることもできなかった。

遺影を見れば、その老女がたしかにこの世に存在していたことを、あの瞬間までその人にも生活や人生があったことを思い知らされ、苦痛に耐えられるとは思えない。

「それは……絶対にしなければならないことなんでしょうか」

翔太が言うと、大谷が眉間《みけん》に皺を寄せて首をひねった。

「それをしなければ何か問題になるんでしょうか」

「そういうわけではありません。ただ、ご遺族が承諾してくださるのであれば、そうするべきだとわたしは強く思います。籬さんは四年十ヵ月服役することになりましたが、それは決して罪に対する償いではありません。これから新しい一歩を踏み出すにあたって、お線香を上げて謝罪するのが加害者の最低限の務めではないかと……」

それだけで済むはずがない。きっと自分は遺族から罵詈雑言を浴びせられるだろう。これ以上苦しめられたら、新しい一歩を踏み出すどころではなくなる。

「少し……少し考えさせてください」とりあえず翔太はそう答えて、顔を伏せた。

「二番でお待ちのお客様――」

店員の声が聞こえ、昌輝は椅子から立ち上がってレジに向かった。

「特上寿司二人前ですね。お待たせしました」

店員から袋を受け取り、昌輝は店を出た。腕時計を見ると午後八時を過ぎている。昨日の電話では八時には着くだろうと伝えていたので早足で自宅に向かう。

昨年、忠司が仙台に転勤になり、久美もついていった。久美はそれでも月に一回ぐらいは父の様子を見に行ってくれているようだが、昌輝が実家に行くのは三ヵ月ぶりだ。今年の人事異動で営業部の部長に昇進してから多忙を極めている。平日は勿論《もちろん》のこと、土日のどちらかも接待ゴルフや出張が入ってしまい、なかなか埼玉まで来られる余裕がなかった。

今日は東京への出張があったので、この機会に実家に泊まることにした。

久美の話によると、ここしばらく父の物忘れがひどくなっているらしい。認知症の初期症状ではないかと深刻な声で言われ、さすがに昌輝も不安を抱いている。

2

今はまだ物忘れ程度で済んでいるようだが、これから先は徘徊《はいかい》などもするようになるかもしれない。父も今年で九十一歳になる。認知症への心配だけでなく、そもそもからだが以前のようには動かない。電話機があるところまで行くのが億劫《おっくう》だと、こちらが電話をしても半分は出ないので不安でしょうがない。

母が亡くなってから実家に行くたびに名古屋に来ることを勧めているが、父はまったく聞く耳を持ってくれない。今回こそはきちんと説得しようと、明日は休みを取っている。

実家に着くと、インターフォンは鳴らさずに鍵を開けた。だが、ドアが開かない。もともと鍵をかけていなかったのだと察し、あらためて鍵を回して中に入った。

ダイニングのほうからテレビの大きな音が漏れ聞こえる。昌輝が入ると、テーブルの椅子に座ってテレビを観ていた父がこちらを向いた。

昌輝はテーブルに近づき、リモコンを取ってテレビの音量を下げた。テーブルの上に宅配弁当の食べ残しが置いてある。

「遅くなってごめん」

「どうしたんだ？」と父が呆《ほう》けたように首をひねる。

「昨日、今日実家に行くって電話しただろう」

「そうだったか？」

すっかり忘れているようだ。

「夕飯は食べちゃったの？　お寿司を買って来たんだけど」

「ああ……腹が減ってたからな」

昨日の電話で、今夜は何かおいしいものを買っていくから宅配弁当は断るようにと伝えておいたのだが。

漏れそうになる溜め息を抑えつつ、昌輝は台所に行って寿司の箱を開けた。母が好きだったマグロと蒸し海老《えび》を小皿に載せてダイニングを出る。

居間に入ると、折り畳みベッドの上に乱雑に放られている衣類が目に留まった。四年前にもともと父は二階で寝ていたが、階段の上り下りがきついということで、居間とダイニングここにベッドを用意した。今ではほとんど二階に上がることなく、居間とダイニングだけで生活しているようだ。

仏壇に寿司を供えて手を合わせると、昌輝はダイニングに戻った。

「おまえも部長になって忙しいんだろう。愛美が定期的に来てくれるし、こっちは心配ないから無理して来なくていい」

部長になったことは覚えていたが、娘の名前を間違えている。

「別に無理して来てるわけじゃないよ」そう言いながら父の向かいに座る。「だけど、子供として心配するなっていうほうが無理だよ」

毎日の夕飯は宅配で弁当を届けてくれる。だが朝食と昼食はまともに食べていないのだろうと、先ほど見た台所の様子で察している。

その宅配弁当さえ半分以上残している。酒を飲まない代わりに、以前の父は大食漢だった。母が作っていた料理に比べてあきらかに味が落ちるのはわかるが、それでもこの五年間で父の食が異常なほど細くなっているのに心配している。

「なあ、そろそろ名古屋に来ないか？　おれも久美も本当に心配してるんだよ。和希も就職していなくなったし、仏壇はもちろんのこと、お父さんが必要だっていうものは全部うちに持っていっていいからさ」

「かずき……？」と父が首をひねる。

「自分の孫の名前を忘れないでくれよ」

「そうだった……別に忘れてたわけじゃない。おまえがいきなりうるさいことばかり言うから、ちょっと混乱しただけだ。ここでひとりで暮らしていて、何ひとつ不自由することはない。いくら言われても名古屋になんか行かん！　行くわけにはいかんのだ！」

いつものように癇癪を起こす父を見ながら、ふと、あのときの言葉を思い出した。

やらなければならないことがあるんだ——

籬翔太の判決が出た日に名古屋に行くことを勧めると、父はそう言って拒否した。

やらなければならないこととは何なのかと昌輝は問いかけたが、父は答えなかった。

いまさらながらあの言葉が気になりだす。

「なあ、親父。やらなければならないことって何だ？」

昌輝が言うと、父がこちらを見ながら首をひねった。

「籬の判決を報告したとき、名古屋に来ないかって言ったら、そう言ってたじゃないか。やらなければならないことがあるんだって、強い口調でさ」

「そんなこと言ったかな？」

「言ったよ。だから、ここにいたいんだと思った。忘れる程度のことなら、名古屋に移ってもいいだろう」

「おまえもしつこいな。わたしはどこにも行かない」

昌輝は溜め息を漏らして立ち上がった。宅配弁当の食べ残しを流しに持っていこうと手に取ると、その下にマジックで文字が書いてある。

ケイタイデンワ——

「ケイタイデンワって何？」

テーブルに書かれた文字を指さしながら訊くと、それを見つめながら父が考え込むように唸《うな》る。しばらくして思い出したように「ああ……」と頷く。

「おまえたちが来たら頼もうと思ってたんだ。携帯電話が欲しい」

「何もテーブルに書くことはないだろう」

油性のマジックみたいだから拭き取るのも大変そうだ。

「忘れちゃいけないと思ってな」父が悪びれた様子もなく言う。

それにしても――

「どうして急に？」

今まで何度か持つように言ったが、使い方を覚えるのが面倒だと拒否された。

「りんりん音が鳴っても電話機のところまで行くのが面倒だ。携帯電話があればずっと持っていればいいんだろう」

「定期的に充電はしないといけないけどね」

父が携帯電話を持つことには賛成だ。万が一にも父が徘徊などをするようになった場合に備えて、GPSのアプリを入れておくのもいいかもしれない。

「わかった。明日は一日休みを取ってるから携帯電話を契約して、使い方を教えるよ」

3

終業のチャイムが鳴った。

まわりに座っていた者たちはその音を聞いて機械のようにぱたっと動きを止める。一様に重い溜め息をついて立ち上がり、ドアに向かっていく。

このまま仕事を終えてもいっこうに構わないのだが、翔太はテーブルに残ったチラシとボールペンをセロファンの袋に入れて、椅子の横に置いたダンボール箱に入れていく。自分の目の前のテーブルに何もなくなったところで鞄を持って立ち上がり、張りを感じる肩を回しながら控室に向かう。

無言の控室で他のアルバイトたちとしばらく待っていると、派遣会社の男性社員がやってきて順番に作業確認伝票が渡される。一階の窓口に行って伝票を出し、渡された封筒の中身を確認すると外に出て、目の前に停まっているマイクロバスに乗り込んだ。

空いていた通路側の席に座ると、封筒から取り出した金を財布に入れ替えて鞄にしまった。やがてマイクロバスが発車する。

この倉庫で働き始めて二週間になる。日雇い派遣会社で紹介されたもので、主な仕事はダイレクトメールの封入やピッキング梱包《こんぽう》の類《たぐい》だ。今日の仕事は携帯電話会社の販売促進用のチラシとロゴが入ったボールペンをセロファンの袋に入れるというものだった。

午前八時三十分から作業が始まり、途中に一時間の休憩を挟み、午後五時三十分の終業までひたすらその動作を反復する。日当は交通費込みで八千八百円。

ここで働くアルバイトは六十人ほど。高校生ぐらいの若者から六十歳を優に超えていると思える者まで様々で、男女の比率はだいたい半々といったところだ。出勤すると半分以上は初めて顔を見る者で、見覚えのある者と顔を合わせても、せいぜい軽く会釈をするぐらいで話をすることはない。

作業中は皆、黙々と手を動かすだけで話し声はなく、セロファン袋の乾いた音がたまに響くだけの無味乾燥な職場だ。

まるでロボットになったような単純な動作の反復を続けているうちに、刑務所での作業の記憶がよみがえる。あのときも皆無言のまま、ひたすら作業することだけに没頭していた。

刑期をまっとうすればこんなことから解放されると思っていたが、今の自分はあの頃と何も変わっていない。さらに出口の見えない閉塞感を嚙み締める日々だった。

面接に行った大宮にある印刷会社の採用はけっきょく断った。面接官との話もそれなりに弾み、翔太も好感触を得ていたが、その後大学を中退した理由をしつこく訊かれ、適当にはぐらかしているうちに怖くなった。履歴書にはとうぜん刑務所に服役していたことは書いていない。この会社に入ったとしても、いつかは自分が犯した罪や、刑務所に服役していたことが知られて辞めることになるのではないかと。

恐ろしくてまだ確認していないが、母が言うようにネット上にはいまだに自分の名前や犯した行為が記された記事や書き込みがあちこちに漂っているだろう。

けっきょく正社員の仕事は諦め、なおかつ嫌なことがあったらすぐに辞めても給料に影響のない日雇いの仕事を選んだ。

「ねえ、君――」

隣から声が聞こえ、翔太は顔を向けた。

ダウンジャケットを着た四十歳前後の男がこちらを見つめている。職場で自分の席の斜め前に座っていた男だ。

「真面目だねえ」

その言葉の意味がよくわからない。

「別にノルマがあるわけじゃないのに、やけに頑張ってたでしょう」

そういう意味か。別に自分がやけに頑張っていたわけではない。この男が怠《なま》けているだけだろうと心の中で突っ込みを入れる。

ここで働いていても他のアルバイトを気にすることはなかったが、作業が異常に遅いと目についた。他の者が十袋セットする間に五袋がやっとという感じで、作業中にあくびをしたり首を回したりと落ち着きがなく、少しイラついた。

「学生？」

男に訊かれ、「いえ……」と答える。

「よくこの仕事に来てるの？」

「二週間前からです」

「そう。おれも前まではよく来てたんだけど、今日は一ヵ月ぶりだね。疲れた……」

「そうですか……」

「誰とも話をせずに一日封入作業だろう。本当に気が滅入っちゃうよね。今こうやって君と話して、やっと自分が機械じゃなかったんだと安心できる」

その気持ちはわからないでもない。翔太もここで働き始めてから派遣会社の社員以外と話すのはこれが初めてだ。

「おれは前園《まえぞの》っていうんだけど、君は？」

名乗らないわけにはいかず、「籬です」と答える。

「籬くんね、しばらくまたここで厄介になると思うから、これからよろしく。まあ、でも、君みたいな働き盛りの若者がこんなところに来るのは勧めないけど。この職場、妙に湿ってるから」

そうだろうかと、翔太は前園を見つめながら首をひねる。

「ぴかぴかの新人くんが来てもいつの間にか錆《さ》びついちまう」

そういう意味かと納得する。

「仕事を選べる身分じゃないので……」翔太はそう言いながら前園から視線をそらした。

大宮から五駅目の北本駅で電車を降り、近くのコンビニに立ち寄る。

カゴを取って店内を巡っているうちに雑誌売り場の前で立ち止まった。水着姿の若い女の子が表紙の雑誌が目に留まり、ぱらぱらとグラビアページをめくってみる。

出所してから三週間以上が経つが、何の欲求も湧き出てこない。

同房の受刑者の中には、刑務官の目を盗んで自慰行為をする者もいたが、翔太はそうしたいという欲求に駆られたことはなかった。刑務所にいる間一度も射精せずに過ごし、今このグラビアを見ても何も感じない自分に、動物として必要な機能があの出来事によって欠如してしまったのではないかと若干の不安を抱く。

翔太は雑誌を棚に戻し、その場を離れた。ホットの茶を二本と唐揚げ弁当と朝食用のサンドイッチをカゴに入れ、レジで会計して弁当を温めてもらうと店を出る。

アパートにたどり着くと、一〇二号室の鍵を開けて翔太は部屋に入った。安普請の壁から隙間風が吹き込み、外にいたときよりもひんやりとしている。六畳の和室に行って明かりと電気ストーブをつけ、座卓に弁当を広げて、冷めないうちに食べた。

七時には夕食が終わり、何もすることがなくなる。

熊本での生活もそれほど楽ではないと母から聞かされていたので、娯楽のためのテレビやラジオなどを用意したいとはとても言い出せなかった。

働き始めてそれなりに金が貯《た》まったら買おうと思っているが、今のところまだそこまでには至っていない。

音もなく、話し相手もいない。

何の楽しみもないまま、無為な時間を過ごし、適当に眠くなったら就寝する。そして朝早く起き、電車とマイクロバスを乗り継いで、何の楽しみもやりがいもない作業をする。

社会に出ても刑務所にいるときと変わらない生活をしている。いや、あの頃のほうがまだ何らかの音があり、誰かしらと話していた。自由はほとんどと言っていいほどなかったが、今の生活よりは生きている実感があったような気がする。

鞄から携帯を取り出してネットにつないだ。適当にネットの記事を見て時間をつぶす。

記事を見ているのにも飽きてネットを閉じた。無意識のうちに携帯を操作し、アドレス帳の画面を表示させる。

ボタンを押しながら画面に記される名前の羅列を見つめる。自分とはもう関わることのない人たち。登録していてもしかたがないのに消去できないままでいる。

栗山綾香――の名前が目に入り、今日もそこで指を止めた。

綾香は今どうしているだろうか。

番号を変えていなければ、このまま通話ボタンを押せば、彼女の声が聞ける。

もちろんそんなことができるはずもない。

母にはそのことを言えなかったが、自分が北本で部屋を探すことにした理由はひとつだった。綾香が住んでいた鴻巣の近くにしたいと。

我ながら馬鹿馬鹿しい考えだと思う。

綾香がいまだに鴻巣に住んでいるとはかぎらないし、仮にまだ近くに住んでいたとしても自分には合わせる顔などない。万が一にもどこかで彼女を見かけたとしても、きっと自分から声をかけることなどできないだろう。

ただ、それでも、たとえ遠目からであったとしても、彼女の今の生活を窺い知れる、そんな偶然が訪れることを密かに願っていた。

彼女は今、どんなふうに生きているのだろうか。

彼女と話したい。いや、それはとても叶わないだろうが、誰でもいいから話したい。

コンビニの店員からの淡白な挨拶ではなく、派遣会社の社員からの仕事の指示ではなく、胡散臭《うさんくさ》い中年男の愚痴《ぐち》や説教ではなく、ほんの束の間でいいからこのどうしようもない寂しさを埋めてほしい。

誰かとつながりたい……

綾香の下に表示されている名前に目が留まった。

『佐山裕哉《ゆうや》』

バイト先で一番仲の良かった男だ。

メールに切り替え、ためらいながらメッセージを打つ。

『メルアドが変わったけど離翔太です。いきなりこんなメールをしてごめん。元気にしてる？』

送信ボタンに指を添えながら逡巡《しゅんじゅん》する。

翔太と関わりを持ちたくなければどうせ返信しないだけだろう。思い切って送信ボタンに添えた指に力を込めた。


マイクロバスから降りて大宮駅の改札を抜けると、翔太はいつもとは違うホームへの階段を下りた。やってきた電車に乗り込む。

佐山から返信が届いたのはメールを送ってから三日後のことだった。

メッセージには『連絡が遅くなってごめん。最近はＬＩＮＥのやり取りばかりだから、ほとんどメールのチェックはしてなくて。おれは相変わらずだけど、そっちはどう？』とあった。

ＬＩＮＥというものが何かわからずネットで調べると、今コミュニケーションの主流になっているＳＮＳらしい。

翔太はそれからすぐに佐山に詫びの言葉を送った。事件を起こす前に一緒に飲んでいたせいで、警察から取り調べを受けたり、迷惑をかけてしまったのではないかと。佐山は『気にするな』と、逆にこちらのことをいろいろと気遣うようなメッセージを送ってくれた。やがて会おうかという話になり、今夜池袋にある居酒屋で待ち合わせることになった。

池袋駅が近づくにつれて落ち着かなくなってくる。メールの文面からは佐山が変わったようには感じない。自分を忌避するような様子もなく、昔と変わらず同い年でありながら面倒見のよさが文面から滲んでいた。そうは思っていても、電車に乗ってから自分の顔が硬くひきつっているのをずっと感じている。

池袋で電車を降りるとホームを歩いて改札に向かった。帰りの電車に乗るときには少しは笑顔になっているのを願いながら改札を抜ける。

駅から出ると、イルミネーションがきらめく街を歩きながら居酒屋を探した。忘年会のシーズンだからか、行き交う人たちの多くが陽気そうで楽しげに映る。あんなことさえなければ、自分も今頃はこんな輪の中で浮かれていただろう。

メールにあった居酒屋の看板を見つけ、ドアを開けた。やってきた店員に「待ち合わせをしている」と告げて翔太は店内を巡った。奥のほうの座敷席に座る背広姿の佐山を見つけて近づいていくが、まわりにいるふたりの男が目に留まり、思わず足を止めた。

佐山の隣と斜め前の席に久保と安本《やすもと》が座っている。ともに同い年のバイト仲間だったが、それほど親しかった間柄ではない。できれば今日は佐山とふたりで話したかった。

佐山がこちらに気づき、「よお」と手を上げた。

このまま帰るわけにもいかず、翔太は無理して笑みを作りながら三人に近づいた。

「ひさしぶりだな！」

佐山たちにハイタッチを求められ、翔太はそれぞれと手のひらを合わせた。

「お勤めご苦労様です！」

茶化すような久保の声に迎えられながら、翔太は座敷に上がって佐山の向かいに座る。

「みんなとも会いたいだろうと思って誘った。ちょっと早めに着いたから先に飲んでた」

テーブルにはすでに三人分のジョッキとつまみがいくつか置いてある。

「籬は何にする？」佐山がそう言いながらメニューをこちらに差し出してくる。

あの日以来アルコールは飲んでいなかったが、ここで酒を頼まないとあの出来事を想起させてしまい重い空気になってしまうかもしれない。

「じゃあ、ウーロンハイ」

店員に注文してウーロンハイが届くと、四人でジョッキを合わせた。ひさしぶりのアルコールで酔いが回らないよう舐《な》めるように口に含む。

「佐山から聞いたけど、三週間ぐらい前に出てきたらしいな。今まで連絡してこないなんて水臭いぜ！　まったく、よう」すでに酔いが回っているのか、久保が高いテンションで声を張り上げる。

「おまえは声がでかいんだよ。そんなテンションで営業してたら客に引かれねえか？なあ、こいつは昔と変わんないだろう」佐山が隣に座った久保を冗談っぽくたしなめ、翔太に同意を求めてくる。

たしかに久保は飲みに行くといつもテンションが高かったことを思い出し、頷きながら思わず笑みがこぼれた。

それほど親しくはなかったが、重い空気にならないよう久保なりに気を使ってくれているのだろうと感謝する。

「上尾に住んでるのか？」

安本に訊かれ、翔太は隣に目を向けた。

「いや、北本のアパートでひとり暮らしをしてる」

「北本なら実家から遠くないな」

佐山に言われ、翔太はそちらに視線を戻した。

「もうあそこに実家はないよ。両親は離婚して、お袋と姉貴は熊本で生活してる。来ないかと言われたけど……」

「両親が離婚したってことは、おまえは母親の姓を名乗ってるのか」さらに佐山が訊く。

「いや……お袋と姉貴は村上姓になって、おれもそうするよう勧められたけど……」

翔太は首を横に振った。「今はまだ『籬』だ……」

「そうか。仕事はしてるのか？」

「ああ……今は派遣で日雇いの仕事をしてる。みんなはもう就職してるんだよな？」

背広姿の三人が頷く。佐山は銀行員、久保は大手建設会社の営業、安本は広告会社で働いていて昨年結婚したという。それぞれ出身大学も職種も違うが、社会人になってからも定期的に会っているらしい。

「みんな、すごいな。おれなんかその日暮らしていく金を稼ぐのがやっとの生活だ」

彼らの話を聞くにつれ、自分がとんでもなく後れを取っていることに気づく。

いや、後れではなく、もう挽回《ばんかい》のしようもない、永遠に埋まることのない彼らとの差だろう。

「生活が落ち着いたら就職活動すればいいじゃないか」

佐山に言われ、翔太は歯切れ悪く唸った。

「あんなことがあったから……どこかの企業で働くのは難しいだろうな」重い空気にはしたくなかったが、思わずそう漏らしてしまう。

「たしかに飲酒運転はよくないけど、運が悪かったたっていうのもあるだろう。人だと気づかなかったんだろう?」

「ああ……」

「まだ二十五歳なんだから人生を諦めたようなことを言うなよ」佐山がそう言って励ますようにふたたびジョッキを合わせてくる。

「ありがとう……」

「まあ、でも籬の気持ちもわかるよ。今はネットがあるから、一度の失敗で再起するのが難しくなっちゃう。企業の人事担当者は面接した人間の名前をネットで検索してるって言うしな」

安本の声に続いて久保が口を開く。

「必ずしもどこかの企業に入らなきゃいけないってこともないだろう。それこそ今はネットがあるし、誰とも接しないでできる仕事はいくらでもあるじゃない。京北大学に入れるだけの頭があるんだからさ」

「それもそうだな。プログラマーとか株のディーラーとか、もっといくらでもありそうだな」

久保の話をきっかけにして、誰とも接しなくてもできる仕事の話でその場が盛り上がる。

自分にはこれから日雇い仕事ぐらいしかできないだろうと悲観していたので、彼らの言葉に勇気づけられた。

「そうだよ。これまで大変だったかもしれないけど、これからいくらでも挽回できるさ」

ここに来るまで想像もしていなかった友人たちの激励に思わず涙しそうになり、

「ちょっとトイレに行ってくる」と言って翔太は立ち上がった。

トイレに行くと、洗面台で顔を洗ってハンカチで拭った。トイレを出て座敷に向かうと、佐山の声が聞こえて足を止めた。

「……今日は付き合ってくれてありがとうな。次の店はおごるから」

「まったくだ。この貸しは高いからな」と久保の笑い声が響く。

「それにしてもよくおまえのところに連絡してこられたもんだね」

その声を聞きながら、翔太は座敷席のすぐ裏で立ちすくんだ。

「……まったく、まいったよ。おれひとりで会ったら金の無心でもされかねないと思ったから……適当なところで切り上げて三人で飲み直そうぜ」

翔太は足音を立てないよう気をつけながら、ふたたびトイレに向かった。

4

インターフォンのベルの音が聞こえ、二三久はテーブルの縁に掛けていた杖をつかんで立ち上がった。転ばないように一歩ずつ足を踏み出して玄関に向かう。鍵を外してドアを開けると目の前に中年の男が立っていた。

「法輪さん、ご無沙汰しております。コグレです」目の前の男が馴れ馴れしそうな笑みを浮かべながら言う。

「どちら様でしょうか?」

戸惑って二三久が言うと、目の前の男が首をかしげた。

「あの……わたくし、『ホープ探偵事務所』のコグレです。昨日、お電話させていただいたら、事務所まで行くのは大変なので、できれば自宅まで来てほしいとの話でしたが」

何のことを言っているのかさっぱりわからない。

「あの……ここで立ち話も何ですし、お邪魔しますね」

二三久の承諾を得ないまま、男が靴を脱いで玄関を上がる。しかたなくダイニングに案内すると、勝手に椅子に座り、鞄から封筒を取り出す。

二三久が向かいに座ると、男が封筒から取り出した紙束を広げてこちらに向ける。真っ白な紙に『調査報告書』と書いてある。その下に『作成者　木暮《こぐれ》正人《まさと》』とあった。

「半年前にご依頼をいただいてからずいぶんとお時間が経ってしまい申し訳ありませんでしたが、ようやくご報告できるところまで調査が進みましたので。籬翔太に関する調査報告書です」

籬翔太――

その名前に反応する。どこかで聞いたことのある名前だ。いや、どこかでではなく、自分にとって重要な名前だ。

しばらく記憶を巡らせて思い出す。

そうだ。自分は籬翔太が今どこにいるのかを調べてほしいと探偵事務所に頼んだ。その頃のことははっきり思い出せないが、きっと目の前の男が対応したのだろう。

「思い出されたようですね」

二三久が「ええ……」と頷くと、何かに気づいたように男が卓上を指さし、「ほら、ここにもちゃんと書いてらっしゃるじゃないですか」と笑う。

二三久は男が指差したあたりに書かれた文字を読んだ。

『明日三時、ホープ事務所　大切な用件』

「すみません……最近、物忘れが激しいようで」恐縮して言いながら二三久は頭をかいた。

「いえいえ、よくあることです。でも明日というのは、いつの明日なのかわからなくなりますので、できればカレンダーにお書きになるのをお勧めします。あ、そうだ！」

男が手を叩き、鞄から筒のようなものを取り出す。それを広げて卓上で伸ばした。

『2015年　カレンダー』とあり、下のほうに『ホープ探偵事務所』と書いてある。

男はカレンダーをめくり、『1月』と書かれたところを開く。

「今日は何日でしたっけ？」男が訊く。

「さあ……」

男が腕時計を見て、「一月七日ですね」と言い、テーブルに置いてあったマジックペンを手に取る。1、2、3、4、5、6と書かれた欄に×印を書く。

「毎日朝起きたときに次の欄にバッテンを書くといいですよ。そうしたらバッテンの次が今日の日付ということになります」

「なるほど……それで、今日は一月七日なわけだ」

「そうです。明日朝起きたときに7のところにバッテンをつけます。明日は何月何日でしょうか」

「一月八日」

二三久が言うと、目の前の男が満足そうに頷く。

「いつも御贔屓《ごひいき》にしていただいてますので、このカレンダーは進呈させていただきます。どうぞご活用ください」男がそう言ってカレンダーをテーブルの脇にどける。

「それでは本題に入らせていただきます。こちらをご覧ください」

男が書類に指を向けたので、二三久はテーブルに置いた眼鏡をかけて見つめた。

どこかのドアから出ていく若い男の写真が載っている。

若い男の写真の下に『調査対象者　籬翔太』と書いてある。

依頼時の情報――

一九八九年七月二十六日生まれ。

本籍　埼玉県日高市新堀二十七の一。

二〇〇九年十一月二十一日時点の住所　埼玉県上尾市本町八の七の六。

二三久は書類を受け取り、続きを読んだ。

『二〇〇九年十一月二十一日未明、埼玉県上尾市菅谷三丁目付近の道路において横断歩道を渡っていた法輪君子（八十一歳）を車で撥ねて死亡させ、そのまま逃走した容疑で、同年十一月二十四日に上尾警察署に逮捕される。二〇一〇年二月十五日、さいたま地方裁判所の判決公判において懲役四年十ヵ月の刑が言い渡される。その後、被告人側、検察側とも控訴がされず刑が確定。二〇一四年十二月三日、川越少年刑務所を出所――』

その文字を目で追いながら、それまでぼんやりとしていた記憶が鮮明になってくる。同時に胸に鈍い痛みを覚えた。

「籬翔太が刑務所から出てきたんですね？」

二三久が言うと、目の前の男が頷いた。

「ええ、なかなか骨の折れる調査でした。籬翔太の両親は三年前に離婚して、父親はそれまで住んでいた上尾の自宅を売り払って横浜市内に、母親は翔太の姉とともに熊本市内に移りました。そこまでは簡単にわかりましたが、籬翔太がいつ出所するのか、また父親と母親のどちらにコンタクトを取るのかまったくわからなかったので……ただ、潤沢な調査費用をご用意いただけたので、ご依頼をいただいてからの半年間、双方の動向を監視することができました。それで、出所時に立ち会う母親を確認することができ、それからの籬翔太の動向も追うことができたという次第です」

「そ、それで、籬翔太は……」

今どこにいるのだ。

目の前の男が書類をめくると、何枚かの写真と文字があった。

「籬翔太は今、このアパートにひとりで住んでいます」

古びた二階建てのアパートの写真と、ドアから出ていく若い男の写真がある。

住所は、埼玉県北本市古市場《ふるいちば》二丁目——コーポ住吉《すみよし》一〇二号室、と書いてある。

「ここに住んでるんですか？」

「そうです。次のページに詳しく行動確認について書いておりますが、仕事は派遣の日雇いをしています。月曜日から金曜日まで朝七時半頃に家を出て、大宮駅前に停まったマイクロバスに乗り、上野田《かみのだ》にある倉庫に行っています。残業があったりなかったりするのか、帰宅時間はまちまちですが、仕事が終わったらだいたいそのまま家に帰っています。土日はほとんど家にいるか、たまに近くの図書館に出かけるぐらいですね」

「そうですか……」

二三久は頷き、写真に収まる若い男に視線を据えた。

「これで調査を終了させてもらってもよろしいでしょうか」

その声に我に返り、二三久は顔を上げた。

「お預かりした調査費用はまだ半分も使っておりません。これで調査を終了していいとのことでしたら、残りはお返しいたします。ただ、もしまだ我々の力が必要とのことでしたら、可能なかぎりの仕事はさせていただきますが……」

誰の力も必要ない。自分ひとりで、いや、誰にも知られることなく果たさなければならないことだ。

「わたしの事務所では犯罪加害者の追跡調査に特に力を入れております。今までに犯罪の被害に遭われたかたや、またそのご家族のかたからたくさんの依頼を受けてきましたし、そのかたがたのご希望に添えるよう努めてきたつもりです。半年前、法輪さんは奥様を死なせた男の行方が知りたいとおっしゃった。それを知ったこれから先、あなたが何を望まれてらっしゃるのか、わたしは非常に関心を持っております」

余計なお世話だ。自分が何を望もうと目の前の男には関係ない。

「僭越《せんえつ》ながら、これから法輪さんおひとりで、望まれていることを果たすのは少々大変ではないかと感じます。大切なことを頼んだわたしのことをお忘れになられていたようですし」

たしかに籬翔太の行方を捜す調査を頼んだ記憶がすっぽりと抜け落ちていた。

こんな大切なことを……

昌輝や久美から物忘れが激しいとよく言われるが、それにしても自分でも信じられない。

「渡したお金が尽きるまでこのまま調査を続けてほしい」

そう言いながら、この男にいくら払ったのか思い出せない。

「ありがとうございます。それではこのまま籬翔太の素行調査を続けますが、それでよろしいでしょうか」

「ああ……それからあなたにひとつ頼みたい」

「何でしょうか？」目の前の男が身を乗り出してくる。

「一週間に一回、わたしのところに連絡して、今日した話をしてほしい」

「今日した話、ですか？」

「わたしが籬翔太の行方を捜すようあなたに頼んだことと、その男が五年前にしたことです。最近、息子や娘から物忘れが激しいと言われていて……まさか、こんな大切なことを忘れるとは思えないが……」

言いながら自信がなくなってくる。

「わかりました。お安い御用です。そちらの携帯にご連絡すればいいでしょうか」

自分の胸もとに指を向けられ、視線を落とした。

「ああ……」首からぶら下がっている携帯電話を見ながら言った。

「その携帯の電話番号は？」

「知りません」

「ちょっと失礼しますね」

男が手を伸ばして二三久の首にぶら下がっている電話を奪う。ズボンのポケットからかまぼこ板のようなものを取り出し、何やら指を動かしている。

「法輪さんの電話番号を登録しましたし、わたしの番号も登録しました」男がそう言って紐のついた携帯電話をこちらに差し出す。「この3と赤く書かれたボタンを押すとわたしのスマホにつながります。押してみてください」

男に言われ、そのボタンを押してみる。次の瞬間、男がもう片方の手に持ったかまぼこ板のようなものから音が流れる。

「もしもし、何か話してみてください」それを耳に当てて男が言う。

二三久は携帯電話を耳に当て、男から書類に視線を戻した。籬翔太が住んでいるというアパートの写真を見つめる。

「もうひとつ頼みたいんですが……」

「何でしょうか？」

「ここに行ってみたい」

「わかりました。車で来ておりますので、これから行ってみましょう」

二三久は男に言われて、携帯の『切』ボタンを押した。鞄を持って立ち上がった男に促されながら、杖をついて立ち上がり、玄関に向かう。

「目の前まで車を持ってきますので、こちらに座ってお待ちください」

二三久が玄関に置いた台に腰を下ろすと、男が外に出ていく。靴を履き終えた頃に男が戻ってきて、二三久は杖をついて立ち上がった。靴箱の上に置いてある鍵を手に取り、外に出る。鍵を閉めると男に続いて家の前に停まった白い車に向かう。男が後ろのドアを開けたので、座席に手をついて屈みながら乗り込む。

男は外からドアを閉めると、運転席に乗って車を走らせた。

明るい日差しに照らされながら十五分ほど乗っていると、古びた二階建てのアパートの前で車が停まった。

「着きました。一階の右から二つ目の部屋、一〇二号室が籬翔太の部屋です」

男が指差すほうを見つめる。

あそこに籬翔太が住んでいる――

アパートの階段に掲げられている看板が目に留まった。『空き室あり』という文字と『北本不動産』という会社名と電話番号が書いてある。

5

棚に並んだ本の中に『高齢者の栄養管理ガイド』というタイトルを見つけ、綾香は手を伸ばして引き抜いた。ぱらぱらとめくってみて、たしかにためになりそうだと感じたが、裏表紙を見てみるとかなり高額だ。

どうしようかと迷いながら本を持ったままフロアに置いてある椅子に座る。念願だった管理栄養士になって以前に比べて収入は増えたものの、これからのことを考えればできるかぎり切り詰めなければならない。もう少し内容を吟味《ぎんみ》してから判断しようとページをめくっていく。

「あれ――」という声が聞こえ、綾香は顔を上げた。目の前に背広姿の男性が立っている。

「栗山さんだよね」

昔、同じバイトだった佐山だ。

「おひさしぶりです」

綾香が会釈すると、当たり前というように佐山が空いていた隣の席に座った。綾香が読んでいた本を覗き込んでくる。

「栄養士になったんだ」

佐山に訊かれ、綾香は頷いた。

「桶川にある病院に勤めています」

今年の春まで小学校で給食を作っていたが、管理栄養士になったのを機に転職した。

「おれも三年前に銀行に就職して飛び回ってるよ。そういえばさ、あいつから連絡ある？」

その言葉に、どきっとした。

あいつ──翔太のことだろう。

「いえ」

「そうか……実はこの前連絡があって会ったんだよな」

驚いて佐山の横顔を見つめる。

「そうなんですか……元気そうでしたか」

何と言っていいかわからず、当たり障りのない言葉を返す。

「まあ、元気っちゃ元気だったけど、もうおれたちの知っている籬じゃなかったな」

どういう意味だろう。

「ずいぶん荒んだ感じでさ、目つきも鋭くなって……久保と安本が一緒にいたから、みんなでこれから頑張れよって励ましてたんだけど、自暴自棄になってるみたいだったな」

「自暴自棄……」

「そう。どうせ自分の将来はたかが知れてるとか、刑務所にいたほうが今の生活よりも楽だとか言ってた……さすがにおれたちも返す言葉がなくてそのままお開きにしたよ」

佐山の言葉を聞きながら、翔太のことが気がかりになる。

「栗山さんはまだ鴻巣に住んでるの？」

佐山に訊かれ、綾香は頷いた。

「あいつは今、北本でひとり暮らしをしてるらしい。どこかで会うかもしれないから気をつけてね。おれたちは三人で会ったから金の無心はされなかったけど……」

何も答えようがなく、綾香は腕時計に目を向けた。

「ごめんなさい。そろそろ行かなきゃ」

綾香は立ち上がって佐山と別れると、本を棚に戻して書店を出た。足早に大宮駅の改札に向かう。

鴻巣駅に降り立つと、心を落ち着かせようとしながら家路に向かう。

まだ胸の動悸は治まらない。佐山との予期せぬ再会によって、忘れかけていたあの頃の記憶が一気にあふれ出してくる。

昔、佐山の大学の友人が翔太の公判の傍聴をしたらしく、どんな供述をしていたのかを聞かされた。

翔太は飲酒していたにもかかわらず車を運転していた理由について、何となくドライブしたくなったとしか供述していなかったという。

綾香のことをかばっているのだと知って申し訳ない気持ちになったが、それ以降は翔太のこともあの出来事についてもできるかぎり思い返さないよう努めた。

刑務所に入った翔太に面会することもなく、手紙を出すこともしなかった。

自分の罪から逃れたと言われればそうかもしれない。でも、あの事故から五年間、そんな余裕はなかった。

翔太と関わることで自分の罪深さを突きつけられるようなことになれば、とても身が持たなかっただろう。

綾香は通り沿いにあるビルに入り、エレベーターで二階に向かった。『あおば保育園』のドアを開けて中に入ると、近くにいた保育士に挨拶する。

「拓海《たくみ》くん、ママがお迎えに来たよ」

保育士の声に導かれるように、「ママー」と言いながら拓海が満面の笑顔でこちらに向かって駆けてくる。

綾香はその場にしゃがみ込み、胸に飛び込んでくる拓海をぎゅっと抱きしめた。

6

インターフォンのベルを鳴らしてしばらく待つと、「はい――」と法輪の声が聞こえた。

「永岡です」

「ああ……鍵はかけてないからそのまま入ってくれ」

新次郎は外門をくぐるとドアを開けて中に入った。「失礼します」と言いながら靴を脱いで玄関を上がり、物音が聞こえるダイニングのドアを開けた。椅子に座ったままこちらを向いた法輪を見て、新次郎は驚いた。

法輪と会うのは半年ぶりだがずいぶん痩《や》せている。

「わざわざ来てもらって悪いね」

「いえ……」と答えながら、新次郎は法輪と向かい合うように座った。

昨夜、法輪から連絡があり、頼みたいことがあるので近いうちに訪ねてきてほしいと言われた。

「お加減はいかがですか？」

新次郎が訊くと、「まあまあかな」と法輪が返した。

「昨日のお電話では、わたしに何か頼みがあるとのことでしたが、どのようなことでしょう」

「そうそう……」と身を乗り出して法輪が口を閉ざす。こちらを見つめながらしきりに首をひねる。

「永岡くんに電話したのは覚えてるんだが……何の話だったかな。まいったね、最近物忘れが激しくて」

定期的に連絡を取り合っている昌輝からは、最近父親の物忘れが激しく、認知症の疑いもあるのではないかと聞かされていた。病院に連れて行こうとしても頑として受け付けず、それでも診察を受けるよう説得すると、自分を痴呆《ちほう》呼ばわりするなと癇癪を起こされて、どうすればいいか悩んでいるという。

テーブルに書かれたらくがきが目に留まった。黒いマジックで『ケイタイデンワ』『明日三時、ホープ事務所　大切な用件』『家　保証人』などと書かれている。

どうやら忘れてはいけない用事をここに書いているらしい。

「この……『家』と『保証人』というのは？」

訊きながら新次郎がその文字に指を移すと、法輪が視線をそちらに向けた。じっとその文字を見つめていた法輪がいきなり顔を上げる。

「そうそう……君にそれを頼みたくて来てもらったんだ」

自分を呼び出した用件を思い出したようだが、その意味がよくわからない。

この家は持ち家だ。もしかしたら老人ホームなどの施設の保証人ということだろうか。だがそうであれば自分に頼むまでもなく、法輪の子供である昌輝や久美がなるだろう。

「わたしに……家の保証人とは、どういうことでしょうか？」

新次郎の言葉に反応したように、法輪が杖をついて立ち上がった。棚に向かい、引き出しをいくつか開け閉めしながら何かを探している。ようやく目当てのものを見つけたようで、こちらに戻ってきて一枚の紙を新次郎の前に置き、ふたたび向かい合わせに座る。

賃貸物件のチラシだ。コーポ住吉一〇四号室と書かれていて、家賃は三万八千円とある。

「ここに住みたい……だけど……保証人がないとだめだと。金はあるのに……」

法輪は九十一歳だ。どんなに安い物件であったとしても、簡単には貸してもらえないだろう。

九十一歳の老人がひとりで入居するということであれば孤独死などの心配もされるだろうし、認知症によって火の消し忘れや水の出しっぱなしなどの問題も考えられる。

そもそも……

「どうしてここに住みたいんですか？　こんなに立派なお宅があるというのに」

「こんな広い家にひとりで住んでいると寂しいんだよ」法輪が呟くように言う。

「名古屋に行くことはお考えにならないんですか？　昌輝くんはそれを望んでいるようですが」

父親のことが心配なので一緒に名古屋で暮らさないかと説得しているそうだが、まったく聞く耳を持ってくれないと電話で嘆いていた。

「子供に迷惑をかけたくない」

「迷惑だなんて思わないでしょう」

「それにね……」そう言って法輪がチラシに目を向ける。しばらくそれを見つめて顔を上げた。「ここに移る前に君子と住んでいたアパートと外観や間取りが似ていてねえ」

「そうなんですか？」

昌輝が生まれたことがきっかけでこの一軒家を購入したと聞いていた。それまでは蕨《わらび》に住んでいたという。

「わたしはきっともう長くは生きられない。あの頃のことを思い出しながら生活したいんだ」

昌輝が生まれる前に住んでいたということは、君子だけでなく、二歳のときに亡くなった文子との思い出もあるのだろう。

「昌輝や久美に頼んでも許してくれないだろう」

「このお家《うち》はどうなさるんですか？」

「もちろん残しておくさ。君に迷惑をかけることはない。どうかお願いできないだろうか」

法輪に頭を下げられ、新次郎はチラシを見つめながら唸った。

長生きしてほしいと願っている新次郎からすれば、まだまだ先のことだと思いたいが、それでもこの一年ほどの法輪の記憶力の欠如が著しいのは否定できない。

たとえわずかな時間であっても、この古びたアパートで生活すれば、あの頃の思い出をいろいろとよみがえらせられるのではないか、もしくは自分の頭から記憶が消滅していくスピードを少しでも抑えられるのではないかと考えているのかもしれない。

たしかに昌輝や久美には知られたくない話だろう。

老境に入った父親が自分たちと生活を共にすることよりも、自分たちが生まれる前の姉たちと過ごしていた思い出に浸ることを望んでいると知ったら、それなりにショックを受けるにちがいない。

自分に大きな影響を与え、たくさんの恩がある法輪のたっての願いを叶えてあげたい。だが、昌輝や久美に内緒のまま自分が保証人になるのも激しい抵抗がある。しかも、もしアパートにいるときに法輪の身に何かあったら、自分がふたりから責められることになるだろう。

新次郎は顔を上げて法輪を見つめた。懇願するような表情で法輪が見つめ返してくる。

自分にこんな表情を見せるのは初めてだ。

「わかりました。昌輝くんと久美ちゃんには話さないまま、わたしが保証人になります。ただ、いくつか条件があります」

「何だね？」

「部屋の鍵をひとつ、わたしが預からせてもらいます。それと定期的に部屋にお邪魔して、先生の様子を見させていただきたいと思います」

幸い四年前に定年退職して今は暇な生活だ。同じ埼玉県内だから一週間に一、二度は様子を見に行けるだろう。

「どうでしょう。それでよろしいでしょうか？」

新次郎が問いかけると、「わかった」と法輪が力強く頷いた。

7

マイクロバスの座席に座ると、翔太は鞄から取り出した本を開いた。

車内は薄暗いが読めなくはない。もともと本を読むのはそれほど好きではないので、ちょっとした隙間時間のほうがかえって集中して読み進められる。

翔太は食い入るように本を見つめ、頭の中で必死に理解しようとした。だが、少し気を抜くと、すぐに先日の居酒屋での光景を思い出してしまう。

トイレから戻ると佐山たちはそれまでのように翔太へ励ましの言葉をかけ続けた。だが、彼らの本心を聞いてしまった後ではどうにも取り繕うことができず、わざと投げやりな言葉をいくつか吐き出して、ひとりで帰ることにした。

会おうなどと思わないほうがよかったと心底後悔していたが、それでもこれから社会で生活していくうえで多少の収穫があったのだと、自分を慰めた。

彼らの言うように、組織に属さずとも、自分の名前を公にしなくても、金を稼いで生活することはできる。そう自分の気持ちを鼓舞し、仕事が休みだった一昨日に図書館に行って株やＦＸなど、投資に関する本を何冊か借りた。

元手がなければどうにもならないが、ここで金を貯めている間に知識を吸収して、そしていつか佐山たちを見返すような生活をしてやる。自分はこんなところでくすぶっているような人間ではないのだ。

あんなことさえ起こらなければ――

たとえ飲酒運転していたとしても、雨が降っておらず、あのときナナが鳴き出したりしなければ、あんなことにはならなかった。自分は運が悪かっただけなのだ。

「お疲れさん。何読んでるんだ？」

男の声に我に返り、翔太は隣に目を向けた。

ダウンジャケットを着た四十歳前後の男が翔太の持った本を覗き込んでくる。たしか前園と名乗っていた。

「投資に興味があるの？」

「いえ、図書館に行ったらたまたま目についたので、ちょっと借りただけです」翔太はそう答えて本を鞄にしまった。

「ところでさ、この後何か用事ある？　ちょっと飲みに行かない？」

前園の顔を見つめながら翔太は迷った。四十前後の人間と飲んでも、それほど話は合わないだろう。だが、せっかく誘ってくれたのに無下に断るのも気が引ける。

「ええ。少しだけなら」

大宮駅前でバスを降りると、翔太は前園に案内されて近くの居酒屋に入った。空いていたテーブル席に向かい合って座り、生ビールと安いつまみを数品頼む。

佐山たちと会ったときに禁酒を破り、それからも家で飲んでいたので、罪悪感を抱かなくなっている。

生ビールがふたつ運ばれてくると、「じゃあ、おれたちの出会いに」と言って、前園がジョッキを合わせてきた。

「今まで職場の人間を飲みに誘ったことなんかなかったんだけど、どうしても籬くんと飲みたくなってさあ」そう言いながら前園がうまそうに生ビールを飲む。

「どうしておれなんかと飲みたいんですか？　一緒に飲んでもそんなに楽しくないと思いますけど」

「籬くんとしかできない話があるからさあ」

にやけた顔をこちらに近づける前園を訝《いぶか》しい思いで見つめる。

さらに顔を近づけてきて、耳もとで「籬くん、前科持ちでしょ？」と言われ、ぎょっとして身を引いた。

目の前でにやつきながら酒を飲む前園を見ながら、胸に苦いものが広がる。

「この前、仕事を選べる身分じゃない、みたいなこと言ってたでしょう。あの言葉が気になってね、籬って名前でいろいろ検索をかけたんだよ」

何の目的があって自分を飲みに誘ったのだろう。それをネタにして金の無心でもしようというのか。

「そんな怖い顔するなよ。別に誰にも話すつもりはないさ」

前園がそう言いながら運ばれてきたつまみに箸《はし》を伸ばす。うまそうに食べているが、それを見てもいっこうに食欲がわかない。

「おれも君と同じだからさ」

「同じ？」翔太は首をひねった。

「ああ。同じ前科持ちだよ。日々の生活を愚痴りたいけど、そういう経験者でないとなかなか話が合わないでしょう」

「何をしたんですか？」

「傷害致死。二十一歳のときに働いていたところの上司にむかつくことを言われて殴り飛ばした。それで三年の実刑で市原《いちはら》行き。籬くんは？」

入っていた刑務所を訊いたのだろう。

「川越です……前園さんは今おいくつなんですか？」

「三十八。出てきてもなかなかいい仕事に恵まれなくてさ、こういう感じの仕事を渡り歩いてるってわけ。それにしてもネットでは酷い書かれようだね。おれの頃はそこまでネットが普及してなかったからそんなでもなかったみたいだけど」

「自業自得ですから……」翔太はそう呟いて生ビールを飲んだ。

「それにしてもむかつくじゃない。ああいうことを書き込む輩《やから》は自分こそが正義だと勘違いしてるんだろうね。偉そうに。『こんなやつは死刑にしろ』なんて簡単に書くんじゃねえよな」

そんなことを書かれているのだと察し、気持ちがふさぎ込む。

「まあ、人を死なせてますから……四年十ヵ月は軽いと思われてるんでしょう」

前園も同じように人を死なせているが三年だという。

「あの……前園さんは出所してから被害者のご遺族にお会いしましたか？」

翔太が訊くと、「いや」と前園が首を横に振る。

「何で？」と訊き返され、弁護士から被害者遺族への直接の謝罪を勧められたことを話した。

「示談の条件にでもなってたの？」

「いえ……」

「じゃあ、行く必要ないじゃない」前園が素っ気なく言う。

「それでいいんですかね？」

「考えてもみなよ。会いに行ったって遺族から酷いことを言われるだけだぜ。そんなことされたら立ち直れないし、労働意欲が削《そ》がれるだけだ。それに君が死なせたのは八十一歳のばあちゃんだろ。この前テレビでやってたけど、今の女の平均寿命は八十七歳くらい。その事故がなかったとしてもそれほど長生きしてた可能性は低いってわけだ。だけど君は二十代という貴重な時期に五年近くムショで過ごすことになって、割に合わないほどの償いをしてるってことになる。これ以上、時間を無駄にするようなことをしちゃいけないよ」

前園の話を聞いているうちに、今まで思い悩んでいたのが馬鹿みたいに思えてくる。

「ねえ、ここでちょっと腹ごしらえしたら店を変えない？　近くにいいキャバクラがあるんだよ」

「ええ、そうですね……」翔太は頷いて生ビールを飲んだ。

辛いだけの時間を過ごしてきたのだ。少しぐらい羽目を外してもいいだろう。

8

北本駅で電車が停まり、ドアが開いた。シートに座ったまま逡巡しているうちにドアが閉まる。電車が動き出し、車窓の外を流れる夕闇を見つめながら、綾香は重い溜め息を漏らした。

どうしていいかわからない。

大宮で佐山と再会した三日後、迷った末に翔太の母親の携帯に電話をかけた。番号は変わっておらず、五年ぶりの連絡にひどく驚いていたようだったが、翔太の住所を教えてほしいと言うと快く教えてくれた。ただ、連絡先を教えたことはまだ翔太に報《しら》せないでほしいとお願いすると、「わかったわ」という声音が少し寂しそうだと感じ、申し訳なく思った。

その時点で翔太に会うかどうかわからなかった。そしてそれから五日経った今も迷っている。

五年前、自分のからだに宿った子供をどうするべきかという選択は、けっきょく翔太の判決まで持ち越すことになった。執行猶予の判決が出てすぐに釈放されると願っていたからだ。きちんと翔太と話をして決断しようと思っていたが、翔太は五年近く刑務所に入ることになった。

強く面会を求めればできたかもしれないし、翔太の両親に事情を話して伝えてもらう方法も考えたが、そのいずれもできなかった。これから五年近く刑務所に入る翔太に妊娠を知らせるのはひどく酷なことに思えたからだ。

ひとりで決断するしかなかった。そして産むことに決めた。

翔太との子供だからというわけではない。ひとりで子供を育てることになれば様々な困難もあるだろう。ただ、自分のからだに宿った命を失くしたくないという思いが勝った。

栃木に住む両親に知らせると猛反対された。相手は誰だと問い詰められたが話すことはできない。

誰との子だかわからない子供を産むというなら親子の縁を切るとさえ言われ、途方に暮れた綾香は、都内に住む十歳年上の従姉の美香《みか》に相談した。彼女もシングルマザーで八歳の男の子がいる。彼女の協力を得ながら専門学校を卒業後に拓海を産み、半年ほど休んだ後に小学校での栄養士の仕事を得た。そこで三年間働きながら猛勉強をして管理栄養士の資格を取り、今の病院に転職した。

慌ただしい生活の中で、できるだけ翔太やあの出来事について思い返さないようにしていたが、佐山の話を聞いてからはそれでいいのだろうかという思いが日に日に増している。

どうせ自分の将来はたかが知れてるとか、刑務所にいたほうが今の生活よりも楽だとか言ってた――

まさか飲酒運転するとは思っていなかったが、自分があんなメールを送ったことで翔太の人生が大きく変わってしまったのは紛れもない事実だ。

拓海を産むときに誓ったように、翔太に自分の子供がいることを知らせるつもりはない。大きくなるにつれて拓海も自分の父親について問いかけてくることも多くなっているが、その度にどうにかはぐらかしている。

鴻巣駅で電車が停まり、綾香は立ち上がった。ホームに降りて改札に向かう。

あの改札を抜けたら頭を切り替えよう。今日の夕飯は何を作るか、拓海とどんなことをして遊ぼうかを考えるのだ。

これから先もずっと拓海とふたりで生きていく生活に変わりはない。

ただ……

改札を抜けようとして足を止めた。後ろを歩いていた人たちが邪魔だと言わんばかりに綾香を押しのけて改札を抜ける。

ただ、自分の心の裡《うち》では、拓海の父親にはまっとうに生きていてほしいという願いがある。

そのきっかけを与えられるとすれば今しかないのではないか。

綾香は踵《きびす》を返して大宮方面のホームに向かった。やってきた電車に乗り込み、北本駅で降りる。

携帯の地図を見ながらしばらく歩いていると、それらしいアパートにたどり着いた。今にも朽ち果てそうな古い二階建てのアパートで、錆びた鉄階段に『コーポ住吉』とプレートが掲げられている。ここで間違いない。翔太の部屋は一〇二号室だ。

綾香は一〇二号室のドアに近づき、呼び鈴を押した。応答がない。いないようだ。

翔太がどんな生活をしているのか知らないので、ここにいつ帰ってくるかはわからない。

出直そうとドアから離れて歩き出した。こちらに向かって近づいてくる男性を見て足を止める。

自分と目が合い、相手も驚いたように立ち止まる。

こちらを見つめる目つきは鋭く、頬がこけ、口のまわりに無精ひげを生やし、顔中から疲弊感を滲ませている。

すぐに昔の面影と重ならなかったが、翔太だ。

「ど、どうして……ここに……」動揺したように翔太が言った。

「お母さんから聞いて」

「お袋？」

翔太がそう言って首をひねる。すぐに納得したように小さく頷く。

「……で、いったい何だよ」

刺々《とげとげ》しい口調で問いかけられ、綾香は言葉に詰まった。

翔太がさらにこちらに近づいてくるが、自分の横を無言のまま通り抜けてアパートに向かう。鍵を取り出してドアを開けようとする。

「わからない」

綾香が言うと、翔太がドアノブから手を放してこちらを振り返る。

「何をしたいのか、何を話していいのかわからない。ただ、この前バイトで一緒だった佐山さんとたまたま会って、それで……」

「おれの話にでもなったか？」

綾香は頷いた。

「自分の将来はたかが知れてるとか、刑務所にいたほうが今の生活よりも楽だとか言ってたって。それで……」

「あいつらが白々しく慰めてくるから、思わず本心が口から出ただけだ。だってそうだろう。おれに明るい未来なんかない」

「そんな……そんなことないよ。まだ二十五歳なんだからこれから一生懸命に……」

「気安く言わないでくれ！」

遮るように言われ、綾香はびくっとして口を閉ざした。

「八十一歳の老女を車で撥ねたうえに二百メートル引きずって殺したって言われてるおれを快く雇ってくれる会社があるか？　そんなおれと家庭を築きたいっていう人がいると思うか？」

何も言えないまま、殺気立った翔太の目を見つめる。

「そんなおれと友達でいたいっていう人間がどれだけいるんだ？」

翔太の言葉が切っ先のように自分の胸を突く。覚悟がないままここに来てしまったのを思い知らされる。

「昔のことは思い出したくないから、もう来ないでくれ」翔太はそう言うとドアを開けて逃げるように部屋に入っていった。

9

仏壇の前に座り、君子と文子の遺影を見ていると、誰かに声をかけられた。

二三久は目を向けた。部屋に入ってきた永岡がこちらに近づいてくる。

「おっしゃっていた衣類は鞄に詰めて車に運びました。先生のご用意ができましたら行きましょうか」

「わかった」

二三久は答えて仏壇のほうに手を伸ばした。君子と文子の遺影と位牌《いはい》をそれぞれ手に取り、鞄の中に入れる。

「忘れ物はありませんか？」

永岡に言われ、鞄の中をあらためる。封筒に入れた書類と、携帯電話と、それを使うために必要な充電器も入れてある。

万全だと傍らに置いた杖に手をかけたとき、肝心なものを忘れていたことに気づいた。

「すまんが、先に車に行っててくれないか。すぐに行くから」

「わかりました」と永岡が頷き、部屋を出ていく。襖が閉じられると、二三久は杖をついて立ち上がった。

あれはどこにしまっただろうかと必死に思い出しながら、とりあえず押し入れに向かう。

押し入れの襖を開けて、下の段の中にもぐり込む。薄暗い視界の中、手に取った箱を手当たり次第に開けていく。しばらくそうしていると、箱の中に伸ばした指先に布越しにでもわかる硬い感触があった。それを手に取り、後退しながら押し入れから出る。

風呂敷に包んだそれを鞄に入れて肩に掛けた。杖を持った手に力を込めて立ち上がる。

玄関で靴を履き、外に出て鍵をかける。目の前に停まった車に近づくと、永岡が後ろのドアを開けてくれた。二三久は席に座り、ドアを閉めた永岡が運転席に乗り込んで車が走り出す。

「やっぱり新しい生活というのは新鮮な気持ちになるんでしょうね。家から出てこられた先生を見て、いつもより足もとと目に力強さを感じましたから」

「そうかね」

「ええ。自宅の宅配弁当はしばらく止めてもらいました。北本のほうにも同じ会社の営業所がありましたので、アパートのほうに届けてもらうよう手配しています。毎日だいたい四時ぐらいに届けるそうなので、その時間にはできるだけいるようにしてください」

「ああ……」

アパートの前にたどり着くと、大きなふたつの鞄を持って永岡が運転席を出た。後部座席のドアを外から開けられ、二三久は鞄と杖を持って車から降りた。永岡とともに目の前のアパートに向かう。

鍵を開けた永岡に促され、二三久は中に入った。玄関を入ってすぐに台所があり、小さな棚と冷蔵庫が置いてある。台所の奥に四畳半の部屋があり、さらにその奥に六畳の部屋がある。手前の部屋には何もないが、この部屋には一通りの家財道具が置かれている。

「とりあえず必要そうな家財道具を揃えましたが、先生のご趣味に合うかどうか」

その声に振り返ると、そばにいた永岡が手に持ったふたつの鞄を畳の上に置いた。

「生活できれば何でもいいよ」

家から必要なものを運ぼうかと思ったが、昌輝や久美が実家に来たときに不審がられないために永岡に用意してもらった。

「先生、これは使わなかったぶんです。それからこちらは部屋の鍵です」

永岡が差し出した封筒と鍵を受け取った。

「それではわたしはこれで失礼します。何かご不便や困ったことがありましたら、すぐにわたしに連絡してください」

「わかった。ありがとう」

二三久は玄関まで行き、永岡を見送ってドアを閉めた。

肩にかけた鞄を床に置いて、君子と文子の遺影と位牌を取り出す。置く場所を考えたが、六畳の部屋には棚の類はない。そこしかないと思い、台所の棚の上に置く。

鞄から風呂敷包みを取り出した。ずっしりとした重みを感じながら棚の引き出しにしまう。

自分はこの思いを果たすことができるだろうか。長年、ずっと心に絡《から》みついて離れないこの思いを。

籬翔太に会わなければならない。

彼が罪の意識に身悶え、苦しめられているかどうかを見定めたうえで、この思いを果たすかどうかを決める。

自分が死ぬまでにこの思いを果たしたい。そうでなければ、自分はあの世で君子と文子に会うことはできないだろう。

二三久は遺影に目を向けた。こちらに向けて微笑《ほほえ》みかけてくる君子と文子を見つめる。

そうではないか？

10

マイクロバスから降りて駅に向かっていると、後ろから声をかけられた。

翔太は足を止めて振り返った。にこやかな笑みを浮かべながら近づいてくる前園を見ながら、どうしてここにいるのかと訝った。

前に居酒屋で飲食した後にキャバクラで二時間ほど飲んだが、店に入るときは割り勘にしようと言っていたのに、会計のときになって金がないと前園が言い出した。日当は家賃に充てないと追い出されてしまうのでキャバクラの支払いを立て替えてくれないかと頼まれ、しかたなく一万円を貸す羽目になった。だが、その翌日から前園は仕事に来なくなった。

前科者の自分に理解を示すように近づいてきたのは高い店でおごらせるためだったのかと、何とも気分の悪い一週間を過ごしている。

「こんなところで何してるんですか？」翔太は冷ややかな口調で訊いた。

「何してるって、籬くんのことを待ってたんだよ。連絡先も訊いてなかったから、ここで待ってれば会えるかなと思ってさ」

また金の無心をされるのではないかと警戒する。

「お金、借りたままだったからな」前園がそう言って財布から取り出した一万円札をこちらに差し出す。

「そのために待ってたんですか？」

そのまま踏み倒されるものだとばかり思っていたので意外だった。

「そうだよ。もっと早く返したかったんだけど、仕事が忙しくてなかなか時間が作れなくてね」

「他の仕事をしてるんですか？」

前園が頷く。

「ちょっと飲みに行かない？　今日は間違いなくおれがおごるから」

先ほど取り出した財布の中にはけっこうな枚数の札が入っていた。たかられる心配はなさそうだ。

先日飲んだ居酒屋に入り、前と同じ席で前園と向かい合う。数杯飲んでいるうちに前園の今の仕事の話になった。

「籬くんもそこで働かない？　若い人材を募集してるからさ」

「どんな仕事なんですか？」翔太は訊いた。

「ちょっとしたセールス。実働時間は六時間ぐらいで日給は三万円。あそことは比べものにならないぐらいおいしい仕事だよ」

どう考えても堅気の仕事ではなさそうだ。

「おれたちみたいな経歴のやつらもごろごろいるから変な気を使わなくて済むし、和気あいあいとした楽しい職場だよ」

「いや……僕は、とりあえずは今の仕事を……」

ふたたび刑務所に入ることになったらたまらない。

「そっか、残念だな。もし気が変わったらいつでも連絡してよ。紹介するから。あ、

「携帯番号教えてくれよ」そう言って前園がポケットから携帯を取り出す。

連絡先を教えることにためらいはあったが、断る理由が思いつかない。しかたなく お互いの携帯番号を交換する。

「もう一軒行かない？」

「いや……もう、そんなに飲めないんで」

あまり深い関係にならないほうがいいと頭の中で警戒音が鳴っている。

「飲み屋じゃなくてこれだよ」前園がポケットから取り出した紙をテーブルの上に置く。

近くにあるファッションヘルス店の割引券だ。

「どう？」

それまでは帰る口実を頭の中で考えていたが、割引券を見ながら悩んでしまう。

この数日、無性に人肌が恋しくなっている。綾香と会ったせいだろうか。

綾香のことが頭から離れない。ずっと会いたいと思っていたが、実際に彼女を目の前にするとどのように接していいかわからず、ぞんざいな態度をとってしまった。

最後の問いかけに答えてくれなかった彼女の姿がずっと脳裏にちらついて、あれからずっと自分を物悲しい気持ちにさせている。

けっきょく居酒屋を出て、前園と一緒に近くのファッションヘルス店に入った。

割引券をくれるだけだと思っていたが、「遅ればせながらの出所祝いってことで」と前園が翔太のぶんも払ってくれた。

受付のパイプ椅子に座って待っていると、前園が先に呼ばれて個室に消えていった。ひとりになった翔太は所在なく、近くに置いてあった雑誌を手に取ってぱらぱらとめくる。

性欲が溜まっているはずなのに、裸の女性の写真をいくら目にしても興奮しない。

不安になりながら待っていると、先ほど受付で名乗った偽名を呼ばれ、店員に促されながら個室に向かう。ドアをノックして開けると、薄暗い個室の中にいたキャミソール姿の女性が出迎えた。

「こんにちは。ルミです」

ショートカットの可愛らしい女性だ。手を握られ、狭いベッドに座らせられる。ひさしぶりに感じる人肌の柔らかさと温もりに、心臓が激しく脈打つ。

「何さんですか?」

翔太の正面に跪《ひざまず》き、服を脱がせながら女性が訊いた。

「杉本《すぎもと》です……」受付で言った偽名を答える。

「杉本さん、おいくつ？」

「二十五」

「えー、そうなんだ。ルミと同い年だ。何月生まれ？」

「七月」

「そっか。わたしは八月だから少しだけ杉本さんのほうが先輩だね」女性が微笑みながら翔太の下着に手をかける。

下着を脱いだそこに目を向けるが、やはり反応していない。

「けっこう酒を飲んでるから、うまくいかなくても気にしないで」

「えー、そんなこと言わないで。杉本さんルミのタイプだから、頑張っちゃう」

全裸になった翔太の腰元にタオルを巻くと、女性が立ち上がってキャミソールを脱ぎ始めた。

からだつきは細かったが胸もとは想像していたよりもふくよかだった。色白の肌にきれいなピンク色の乳首が欲情をそそる。

タオルを巻いた女性に促されて外にあるシャワールームに入った。女性の手でからだのいろいろなところを洗われているうちに、少しずつ自分のそれが膨《ふく》らんでいくのがわかる。

「ほら、大丈夫じゃない」

シャワーのお湯をかけてもらい、全身を簡単に拭いてもらうと、「先に行ってて」と言われて個室に戻った。狭いベッドに仰向けになって寝ていると、女性が個室に入ってきた。からだにタオルを巻いたまま翔太の上に乗り、顔を近づけてくる。身を委ねて唇を合わせると、口の中に舌を滑り込ませてきて自分のそれとからませる。女性はからませていたものを口から出すと、舌先で翔太の上半身を優しく愛撫《あいぶ》した。

上目遣いの大きな瞳に見つめられながら、どうしてこの仕事をしているのだろうかと想像する。街中を歩いていてもそうそう見かけないような可愛い女性だ。風俗以外の仕事に就けない理由でもあるのだろうか。もしくは一般の仕事では稼げないような金を必要とする事情があるのか。

女性の右手が目に留まった。色白の手首に幾筋もの傷跡があるのに気づく。いずれにしても訳ありの女性のようだ。

女性が腰に巻いたタオルを取り、翔太のそれを口にふくむ。快感が全身に突き上げ、自分のそれが硬く、そそり立つ。快感の波に襲われながら目を閉じる。

それまでの交友関係を失ったとしても、求めれば誰かしらとつながり合うことができる。前園や、この瞬間自分を優しく癒《いや》してくれる女性のように。

何も女性は綾香だけではない。綾香を失っても自分にふさわしい女性がどこかに必ずいるはずだ。

自分でさえ忘れたい過去を知らない女性が……もし、自分の罪を知ったとしてもたいしたことではないと思うような女性が……

「うっ……うう……」

快感が絶頂に達しようとしたその瞬間、瞼の裏に老女の顔が浮かんだ。

こちらに伸ばしてきた細い手に心臓を鷲づかみにされ、目を開けて上半身を持ち上げた。視界に映った女性がくわえていたものを口から離し、驚いたように顔を上げる。

「どうしたの？」

女性に訊かれながら、翔太は薄暗い室内を見回した。

あの老女はどこにもいない。いるはずがない。

「いや……何でもない」

翔太は答えながら自分の股間に目を向けた。はちきれんばかりの先ほどの状況が嘘のように、萎《な》えている。

大宮駅で前園と別れ、翔太は電車に乗った。席に座り、鞄から取り出した本を広げる。

前園には十分に楽しんだと礼を言ったが、翔太はけっきょくイクことができなかった。老女の亡霊を見た後も、時間いっぱいまで女性は手を尽くしてくれたが、翔太のそれはまったく反応しなくなった。

どうしたらあんな亡霊を見ないで済むようになるのだろう。いつになったら自分の心に絡みついた鎖が解かれるのか。

ふいに、居酒屋で前園から誘われた仕事の話が脳裏をかすめる。

おれたちみたいな経歴のやつらもごろごろいるから変な気を使わなくて済むし、和気あいあいとした楽しい職場だよ――

たしかにそういう連中と一緒にいれば、胸が詰まるような今の思いから少しは解放されるのかもしれない。

自分の罪を知ったとしてもたいしたことがないと思う人間や、自分以上に酷いことをした人間に囲まれれば、こんなに苦しむことはないのではないか。

しかも六時間ほど働いて日給は三万円ときてる。毎日、本を読んでいくら知識を吸収しても、今の仕事をしているかぎりたいして金は貯まらない。こんな閉塞感と生活苦の中でいつまでももがき続けるしかない。

11

薄暗い中をこちらに向かって女性が歩いてくる……

突然、女性の半身に光が差し、そちらのほうを見た。女性に向かってヘッドライトの光が近づいてくるが、彼女は気づかないようでそのままこちらに向かってくる。

こっちに来てはいけない——すぐに引き返すんだ——

それまでぼんやりとしていた女性の顔があらわになる。

自分はこの女性を知っている。いや、知っているどころかとても大切な人だ。だが、どうにも名前が思い出せない。

名前を言えないまま、こちらに来てはいけないと必死に叫ぶ。

だが、自分の声はいっこうに届かないようで、女性が満面の笑みを浮かべながらこちらに駆けてくる。

激しい衝撃音と女性の悲鳴が聞こえた瞬間、光に包まれながら女性の姿がかすんでいく。

しばらくすると、ぼんやりとした光景が視界に映る。どこかの部屋にいるようだ。首を巡らしてみると光が差し込んでくる窓が見えた。

どうやら夢を見ていたようだ。

二三久は布団からゆっくりと起き上がった。あたりを見回して戸惑う。

ここはどこなんだ。自分はどうしてこんなところで寝ているのか。

混乱しながら覚えのない部屋の中を歩き回る。台所にある棚に目を留めて近づいていく。

棚の上に置いたふたつの写真を見つめる。白髪交じりの八十歳前後と思える女性がこちらに向けて微笑んでいる写真と、小さな子供のモノクロの写真だ。

このふたりはいったい……いや、自分はこのふたりをよく知っている。

頭の中で必死に思い出す。

そうだ。妻の君子と、長女の文子だ。

文子は二歳で亡くなり、妻の君子は……

はっと何かに弾かれて、二三久は棚の引き出しを開けた。中に入っている封筒から書類を取り出して目を通していく。

一通り目を通して激しく落胆する。こんな大切なことを今まで忘れていたなんて、自分でもまったく信じられない。

こんなことでは先が思いやられると、思わず溜め息が漏れる。

二三久は棚から離れて、コップに水を入れて奥の部屋に向かった。座卓にコップを置き、天板に何かが書いてあるのに気づく。

『カレンダーに×』

どういう意味だろうとしばらく考えて、壁に掛けたカレンダーに目を向ける。一月十四日までの欄に×印がつけられている。

そうだと思い出し、座卓に置いたマジックを持ってカレンダーに近づく。十四日の次の十五日の欄に×印をつける。今日は一月十六日だ。

十六日の欄に『久美　実家』と書いてある。

その文字の意味をしばらく考えた。久美……自分の娘だ。実家……そうだった。いつだったか忘れたが久美から電話があり、この日の夕方に北上尾《きたあげお》の実家に寄ると言われた。今年の正月は用事があって来られなかったので、旦那の……名前は覚えていないが、とにかく夫婦で顔を出すと。

そこまで思い出したことに満足しながら台所に向かった。冷蔵庫に入れていた昨夜の弁当の残りを食べる。

夕方まで時間はあるが早めに家に戻っておいたほうがいいだろう。

食事を済ませて流しで弁当箱を洗い、外出の準備を始めた。棚の上に置いたふたつの写真と、そばにある文字が書かれた置物を鞄に入れて部屋を出る。

鍵を閉めて杖をつきながら歩き出すと、背後から物音が聞こえた。振り返ると、自分の部屋のふたつ隣のドアから若い男が出てくるのが見えた。

先ほど見た書類の写真に収まっていた男だとすぐにわかった。

籬翔太——

鍵を閉めると、籬が自分を追い抜いて歩いていく。

二三久は杖をつきながら必死に籬の後に続いた。どんどん籬の背中が遠くなっていくが、見逃さないように懸命に足を踏み出す。

胸が苦しくなり、これ以上早足で歩くのは限界だと感じ始めたとき、男の姿が建物の中に消えた。

二三久は足を止めた。呼吸を整えてふたたび籬翔太が消えたほうに向かって歩く。

建物に入るとあたりを見回した。至るところに本棚が並べられている。図書館だ。

二三久は館内を巡り、本棚の前で佇《たたず》む籬を見つけた。抜き取った本を読んでいる籬にさりげなく近づいていく。

男の横顔を窺うと、真剣な表情で本を読んでいる。視線をずらすと『ラクしてかせげる株投資』というタイトルが目に留まった。

下三文字の漢字は難しくて意味がよくわからないが、上の言葉は理解できる。

この男は自分の犯した罪で苦しんでいないのか――

いや、ここでそう判断するのは早いのではないか。せっかくこの男のそばで生活しているのだ。

もっとこの男のことを知らなければならない。そのためのきっかけがほしい。

だが、それは今ではないように思えて、二三久はその場から離れた。

12

駅から出ると、綾香は薄暗い道を進んでアパートに向かった。

悩んだ末にもう一度会いに行くことに決めたが、翔太にどのように話すかは、まだ頭の中で整理できていない。

昔のことを思い出したくないというのは翔太の本心だろう。そして、それを思い出させる綾香に会いたくないということも。

自分が犯した罪を知っている綾香が近くにいれば、翔太は常に罪悪感に苦しめられながら生きることになる。それは綾香にとっても同じだ。このまま翔太の存在を忘れ、あの出来事を忘れてしまったほうが、お互いにとっていいのではないかと自分も思ってしまう。

ただ、本当にそれでいいのかと、もうひとりの自分が強く心に訴えかけてくる。拓海という自分にとって最もかけがえのない存在がいるかぎり、翔太のこともあの出来事も忘れることなどできないだろう。少なくともそんなに簡単に逃げ出すわけにはいかないのではないか。

アパートに着くと、綾香は一〇二号室のベルを鳴らした。応答がない。もしかしたらドアスコープから自分の存在を確認して居留守を使っているのかもしれないと思い、ドアを叩きながら「翔太、いる？」と何度か呼びかける。

ふいに、近くに人の気配を感じて、綾香は目を向けた。

杖をついた男性の老人がこちらのほうをじっと見ている。申し訳程度にしか生えていない白髪に、顔には深い皺と無数の染みがある。おそらく九十歳近いのではないだろうか。ふたつ隣の開け放たれたドアから明かりが漏れているので、その部屋の住人のようだ。

「夜遅くにお騒がせして申し訳ありませんでした」

綾香が詫びてしばらくすると、杖を地面につきながら老人が踵を返し、明かりが漏れるほうに向かっていく。

危なげな足取りを見守っていると、ドアの手前で老人が転んだ。

「大丈夫ですか？」

綾香は老人に駆け寄っていき、からだを支えて立ち上がらせた。老人は痛そうに顔を歪め、足を引きずるようにしながら部屋に入ろうとする。

「失礼して一緒に入りますね」

断りを入れて綾香は部屋に入ると、老人がサンダルを脱ぐのを手伝って一緒に玄関を上がり、からだを支えながら奥に進んでいく。六畳の部屋に座椅子があったので、とりあえず老人をそこに座らせ、怪我がないかどうか確認する。右肘《みぎひじ》から血が出ていた。

「救急箱なんかはありますか？」

綾香が訊くと、ぼんやりした目でこちらを見ながら老人が首をひねった。

台所に棚が置いてあったが勝手に物色するのもどうかと思う。

駅からここに来るまでの途中にドラッグストアがあったのを思い出し、綾香は立ち上がった。

「ちょっと薬を買ってきますね」

綾香は玄関に向かって靴を履いた。ちらっと台所の棚に目を留める。棚の上に年配の女性のカラー写真と、男女がわからない小さな子供のモノクロ写真が置いてある。その後ろに位牌があったから遺影なのだろう。妻と子供だろうかと思いを巡らせながら部屋を出る。

ドラッグストアで消毒薬とガーゼと大きめの絆創膏《ばんそうこう》を買って部屋に戻ると、老人に話しかけながら傷の手当てをした。

「沁《し》みませんか？」

綾香の問いかけに老人が首をひねる。

「ここ、痛くないですか？」

ガーゼを当てた肘を指さしながら言いかたを変えると、老人が頷いた。

「ひとりでお住まいなんですか？」

「ああ……」

「お名前は何とおっしゃるんですか」

「山田《やまだ》……」

「山田さんはここで生活して長いんですか」

「そんなに長くない……かな……」曖昧そうに答える。

おそらく軽度の認知障害を抱えているのではないか。自分が働いているのは高齢者医療が充実している病院なのでそういう人を多く見かける。

部屋にある家財道具は新しそうだから、入居してからそれほど経っていないのではないか。どうしてここで生活するようになったのだろうと老人を見ながら想像する。

座卓の上には宅配弁当の食べ残しが置いてある。この年齢でのひとり暮らしは大変だろうと慮《おもんぱか》った。

絆創膏を貼ると、「その格好で寒くないですか」と訊いた。

山田は頷いたが、綾香は畳の上に放られていたセーターに手を伸ばしてそばに引き寄せた。消毒薬と絆創膏の箱をバッグに入れて立ち上がる。

「どこか痛むようでしたら病院に行ってくださいね」

綾香が言うと、老人が頷いて「ありがとう」と言った。

玄関に行って靴を履くと部屋から出た。ドアを閉めて振り返ったとき、こちらに向かってくる翔太が見えた。

目が合って、びくっとしたように翔太が足を止める。こちらに背を向けて歩き出した翔太に「待って！」と叫ぶ。

「話したいことがあるの」

綾香が言うと、翔太がこちらを向いた。しかたなさそうな表情で近づいてくる。

「何だよ？」

翔太の鋭い眼差しに怯む。

「簡単に済む話じゃないよ。寒いから部屋に入れてよ。断られても何度でも来るつもりだから」

翔太が溜め息をついてポケットに手を突っ込みながらドアに向かう。ポケットから取り出した鍵でドアを開けると無言で部屋に入っていく。綾香も翔太の後に続いた。

先ほどの部屋と同じ間取りだ。家財道具もほとんど同じだが、ふたつ隣の部屋にはあったテレビと棚がなかった。敷きっぱなしの布団の上に翔太が胡坐《あぐら》をかき、綾香は座卓を挟んで向かい合うように座る。座卓の上にはコンビニ弁当と空のペットボトルと、株に関する本が置いてあった。

「……で？」顎に手を添えて翔太が身を乗り出してくる。

「友達になる」

こちらを見つめながら翔太が怪訝そうな顔で首をひねった。

「この前言ってたでしょう。自分と友達でいたいっていう人間がどれだけいるんだ、って」

さらに綾香が言うと、翔太が鼻で笑う。

「恋人には戻れないけど、友達にはなれるってか？」

「将来のことはわからない」

いつか拓海と翔太に本当の話をする日を想像することもある。ただ、今はそうできないし、望み過ぎてはいけないと思うだけだ。

「同情はやめてくれ」翔太がそう言いながら手で払う仕草をした。

「同情なんかじゃない」

「じゃあ、何だっておれみたいな……」

「あの日、車を運転したのはわたしがメールしたからだよね」翔太の言葉を遮るように言った。

しばらく見つめ合ったが、翔太は答えない。

「『今すぐ会いに来てくれなければ別れる』ってメールしたから、お酒を飲んでいたけど運転することにしたんでしょ？　裁判ではそのことを言わなかったみたいだけど」

どうして知っているのかと思ったようで、翔太が眉根を寄せる。

「それで罪悪感を抱えてるってわけか？」

「わたしがあんなメールをしたせいで翔太の人生を大きく変えてしまった。何も思わないわけがないでしょう」

「車を運転しようと思ったのはおれだし、あの人を撥ねたのもおれだ。綾香には関係ない」

「関係なくはない。わたし、知ってたんだ……あの夜、翔太がバイトの後に佐山くんたちと飲んでたのを」

驚いたように翔太が目を見開く。

「三人で居酒屋に入っていくのを見かけた。そのうえであのメッセージを送った」

「どうして……」

「わたしに対する翔太の思いを確かめたかった。飲酒運転するとは思ってなかったけど、タクシーを使ったり何時間も歩いたりしてまで、わたしに会いに来てくれるかどうか……大切な話がしたかったから」

そう言うと何かを思い出すように翔太が視線を上げた。すぐに戻して口を開く。

「そういえばおれがドタキャンしたとき、大切な話があるって言ってたな。何だったんだ？」

話すべきかどうか一瞬迷った。

「昔のことだから忘れちゃった。いずれにしても、わたしが翔太を試すようなことをしたから、あんなことになってしまった。その事実はわたしの中では変えようがない。これからも罪の意識を抱えてしまうんだと思う。だから……自分のために……わたし自身が心置きなく幸せになっていいんだと思えるように、翔太に立ち直ってほしい。そうなれるように友達として支えていきたい」

まっすぐ見つめながら言うと、翔太が顔を伏せた。

「だめかな？」

その問いかけに反応するように翔太が顔を上げる。

「……わかったよ」翔太が呟いた。

13

大宮駅前でバスが停まり、翔太は読んでいた冊子を鞄にしまった。バスから降りると何人かのアルバイトと軽く挨拶を交わし、駅に入っていく。

綾香との交友が復活して二週間になる。管理栄養士として一生懸命に働いている綾香と接するにつれ、このまま日雇いの仕事を続けていていいのかと思わされ、何か資格を取ろうと先ほどまで調べていた。だが、仮に資格が取れたとしても、その後のことを考えると二の足を踏んでしまう。

資格を取るのであれば、できるかぎり人と接しないで済む仕事がいい。企業や組織に属さずにひとりでできる仕事だ。そこで、たとえば司法書士や税理士などの仕事はどうだろうと思ったが、依頼人が翔太の名前からあの事件のことに気づく可能性はある。それをネットにでも書き込まれてしまえば、苦労して取った資格も水の泡になる。

けっきょく籬翔太でいるかぎり、不安を抱えずにいられる仕事に就くのは難しいだろう。

変な意地を張らずに村上姓を名乗るべきではないかと、もうひとりの自分が心の中で訴えかけてくる。

父には申し訳ないが、これから人生をやり直すためにはそうするしかないのではないか。

みどりの窓口に向かうと、外で待っている綾香が見えた。

「ごめん。待った？」

近づきながら声をかけると、「わたしも今来たところだから」と綾香が首を横に振った。

交友が復活してから会うのは四回目だ。仕事を終えた綾香と一時間ほどカフェでお茶をして電車に乗って帰るだけの時間だ。

たったそれだけの関係であったとしても、それまで過ごしていた無味乾燥な日々の暮らしが少しだけ華やいだように感じる。

カフェに入ろうとしたとき、ズボンのポケットが振動した。携帯を取り出すと母からの電話だ。

「ちょっとごめん」翔太は綾香に断りを入れて電話に出た。

「もしもし……翔太？」

母の声が聞こえた。

「うん。どうしたの？」

どことなく沈んだように感じる声音に、胸の中がざわつく。

「茨城の伯父《おじ》さんからご連絡をいただいたんだけど、今朝、お父さんが亡くなったって」

頭の中が真っ白になった。

「もしもし……翔太、聞いてる？」

「あ、うん……え……どういうこと？」何とか言葉を絞り出す。

「三ヵ月前から肝臓がんで入院してたらしい。本人の強い希望でわたしたちには報せないように言われていたって……明後日《あさって》の五時に横浜の斎場で通夜を執り行うって……」

母が淡々とした口調で通夜と葬儀の日程と斎場の場所を伝える。

「わたしは行かないけど、敦子は参列するから。あなたも……」

「いや……おれはやめとくよ……みんなに合わせる顔がない」

「何言ってるの。お父さんとの最後のお別れになるのよ」

「うん……わかってるよ……でも、きっとみんなもおれに会いたくないだろうし。とりあえず連絡してくれてありがとう。じゃあ……」最後のほうは早口になりながら電話を切った。

父が亡くなった――

携帯を見つめながら、あらためてその事実を嚙み締める。

「どうしたの？」

その声で我に返り、翔太は綾香を見た。

「今朝、親父が亡くなったって」

綾香が目を見開く。

「肝臓がんだったらしい。おれのことがあってから酒浸りの生活だったみたいだ」

両親が離婚して母と姉は熊本で生活していることはこの前話したが、父が酒浸りになった話は初めてする。

「葬儀はいつなの?」

「明後日、通夜で、明々後日《しあさって》が葬儀と告別式だって……お袋は行かないみたいだけど、姉貴は行くらしい」

「翔太は?」

「お袋から斎場の場所を伝えられたけど……」

「行かないつもりなの?」

「明後日も明々後日も仕事が入ってるし……」

それが理由ではない。

「親の葬儀に出ることと仕事とどっちが大切なの」

そんなことはわかっていると、綾香を睨みつける。

「どの面下げて行けるっていうんだ。みんなおれが来ることなんか望んでない。きっと親父自身が一番そう思ってるさ……」翔太はそう言って唇を嚙み締めた。

「本当にそれでいいの？　お父さんの顔を見られるのはこれが最後なんだよ」

お父さん——

涙があふれそうになり、とっさに目を閉じる。

「ねえ！」

激しく肩を揺すられ、嗚咽を漏らした。


タクシーが斎場に着いたときには正午を回っていた。葬儀は十時からだと言っていたからすでに出棺を終えているかもしれない。

代金を支払った後もなかなか車から降りようとしない翔太に、運転手が怪訝そうな視線を寄こしてくる。ようやく外に出ると、すぐにドアが閉まってタクシーが走り去っていく。翔太は鉛《なまり》のように重い足で地面を踏みしめながら建物に向かった。

三時間前には横浜駅に着いていたが、なかなか斎場に向かう勇気が持てなかった。

昨日も仕事を休んだが、けっきょく通夜に参列していない。

自動ドアが開き、すぐ右手にある受付に向かう。受付にひとりで立っていた女性が翔太と目を合わせ、驚いたように少し身を引いた。自分よりもひとつ年下の従妹《いとこ》の小百合《さゆり》だ。

「この度は御愁傷さまでした」

小百合は顔を引きつらせながら言い、翔太が差し出した香典袋を受け取る。震える手つきで何とか芳名帳に自分の名前を書くと、小百合に手で示された左側のドアに向かう。

中に入ると真っ先に祭壇に飾られた父の遺影が目に飛び込んできた。酒浸りになって死んでしまったのが冗談に思えるような、マスコミで活躍していた頃の潑剌《はつらつ》とした顔の父だ。

すでに出棺の準備をしているようで、二十人ほどの人たちが棺《ひつぎ》のまわりに集まり、手に持った花を入れていた。

その中のひとりの女性に顔を向けられ、全身が硬直する。敦子の視線に気づいたまわりの人たちも次々とこちらに顔を向けた。一様に驚いた表情をしながらも、気を取り直したように棺に視線を戻して花を入れていく。

棺に近づくことができず、むしろ壁際に後退して、その様子と父の遺影を交互に見ているしかない。

棺に花を入れ終えて、怪訝そうに翔太の様子を窺っていた僧侶が故人との最後の別れをそれぞれに促す。

棺の中に向かって何かを語りかけていた敦子がこちらに顔を向けた。ハンカチで目頭を拭いながら翔太に近づいてくる。袖口をぎゅっとつかまれ、引きずられるように棺のほうにつれていかれる。

「ちゃんとお父さんにお別れしなさい」

冷たい声に反応して、翔太は棺の中に視線を向けた。

色とりどりの花に囲まれた父の顔がすぐ目の前にある。頰がこけ、目が落ちくぼみ、遺影とは別人のように血色を失った父。だが間違いなく二十年間一緒に暮らしてきた父だ。

子供の頃から勉強しなさいと口うるさく言っていた父。テストでいい点数を取ったときにはとびきりの笑顔を浮かべながら、翔太の頭を力強く撫で回した父。

その父はもう呼吸もせず、もう自分に話しかけてくることもなく、もう翔太の言葉を聞くこともできない。

ごめんなさい——というたったひとつの言葉さえ、もう届かない。

翔太は棺の中に右手を伸ばした。硬く冷たい父の頰に指先が触れた瞬間、胸の奥から激しい感情がせり上がってきた。喉もとのあたりで爆発する。

自分でも意味のわからない叫び声を上げて棺から離れ、会場から飛び出した。滲む視界の中、必死にトイレを探して駆け込む。個室に入ってドアを閉めると便座に突っ伏して声を上げて泣きじゃくった。

ごめんなさい——ごめんなさい——ぼくのせいでごめんなさい——

母には何度かその言葉を口にしたが父には伝えていない。

父に謝りたかった。どうして今までそれをしなかったのか。面会に来てくれなくても手紙を送ることはできた。出所してから父の携帯に電話することだってできた。それなのに自分は何もしようとしなかった。

どんなに泣いても、どんなに叫んでも、どんなに悔やんでも、いまさらもう遅い。

亡くなった人には何も伝えられず、亡くなった人の思いは何も伝わらない。

そんな当たり前のことにいまさらながら気づく。

個室のドアが叩かれ、翔太は少し顔を持ち上げた。

「大丈夫か？」

伯父の声が聞こえた。

「……大丈夫です」

「ちょっと渡したいものがあるんだけど」

「わかりました。すぐに行きます」

外のドアを開け閉めする音が聞こえ、翔太は袖口で涙を拭いながら立ち上がった。洗面台で顔を洗ってからトイレを出る。

伯父に近づくと、上着の内ポケットから取り出した封筒を渡された。封筒の表に蛇がうねったような文字で『籬翔太様』と書かれている。

「敬之が亡くなった後、病室で見つけた。君の住所がわからず出せなかったのか、それとも出すかどうかを迷っているうちに……なのかはわからないけど」

封筒には封がされている。差出人のところには父の名前と横浜の住所が書いてあった。

「敦子ちゃんと一緒に車に乗ってお父さんを送ってあげなさい」伯父がそう言って遺影と位牌を抱えた敦子に目を向ける。

おずおずと敦子に近づいていくと、表情を変えないまま位牌をこちらに渡す。翔太はそれを両手で包むように持ちながら敦子に続いて建物から出た。

数人の男の手で霊柩車《れいきゅうしゃ》に棺が乗せられ、喪主である伯父が挨拶すると、ふたりで車に乗り込んだ。敦子は助手席で、翔太はその後ろの席だ。隣にある棺に目を向けていると車が走り出した。

「こんなときに言いたくないけど……」

敦子の声が聞こえ、翔太は棺から助手席に視線を移した。

「でも、もう会う機会がないと思うから、今言うことにする。あんたのせいでわたしたち家族は不幸になった。だけど一番不幸なのはわたしたちでも、ましてやあんたでもないからね」

その言葉が自分の胸に重く響いた。

父がそうであったように法輪君子という女性にも人生があった。そのまま生きていれば伝えたいことがたくさんあっただろうし、彼女から何かを伝えられたいと思う人もたくさんいただろう。

その機会を自分が奪った。

しかも、法輪君子の家族や親しかった人たちは、先ほど自分が父にしたように、彼女の最期の顔を見ることもできないまま灰にするしかなかったのだ。

自分はどれほど罪深いことをしてしまったのだろう。

そのことによって自分は五年近く刑務所に入れられることになったが、その罪深さに釣り合うものなのだろうか。

「姉から弟に向ける最後の言葉よ」

翔太は頭を垂れ、片方の手で棺に触れた。

自分はこれからどうすればいいのだろうか。

今まで生きてきた中で父に一番問いかけたいことの答えは永遠に聞けない。

部屋に戻ってくると、何もする気力も起きないまま翔太は畳の上に座り込んだ。

棺の中の父の顔が頭にこびりついて離れない。

もう父と話すことはできない。もう自分の言葉は父には届かない。

火葬場を出てからここに戻るまでに何度も繰り返した思いをふたたび嚙み締める。

上着の内ポケットに入れていた封筒を取り出した。封筒に書かれた『籠翔太様』という文字を見つめる。自分が知っている父は達筆だった。病気の影響がありながらなんとか書いたのだろう。

そんな状況で自分にどんな手紙を書いたのか。

封を切ろうとして、手が止まった。

父が自分にどんな言葉を残したのか知りたい。でも、読むのがどうにも怖い。

もし、自分を責めるようなことが書かれていたら、自分という子を儲《もう》けたことを後悔しているようなことが書かれていたら、一生立ち直れないだろう。

ベルの音が鳴り、翔太は封筒を座卓の上に置いて立ち上がった。

綾香だろうか。翔太のことを心配して来てくれたのかもしれない。

玄関に行ってドアを開けると、目の前に杖をついた老人が立っている。大きく曲がった腰で、そこに立っているだけでも辛そうに小刻みにからだを震わせている。見たところ、九十歳近いのではないか。

「あの……何でしょうか?」翔太は訊いた。

「一〇四号室の山田ですが……これを……お願いできませんかな」老人がそう言って杖を握ったほうではない手をこちらに向けて持ち上げた。

箱に入った蛍光灯を持っている。おそらくこのアパートの住人で、蛍光灯を取り替えてほしいということだろう。

「わかりました。ちょっと待っててください」

翔太は奥の部屋に戻り鍵を手に取ると部屋を出た。鍵を閉めてよろよろと歩く老人についていく。ドアを開けた老人に促され、翔太は一〇四号室に入った。老人は内側から鍵をかけてサンダルを脱いで奥の部屋に向かう。翔太も後に続くと、六畳間の明かりが点滅している。

老人から箱を受け取り、蛍光灯を出して取り替えた。古い蛍光灯を渡すと、「ありがとう」と朗らかな顔で老人が礼を言った。

「何もないけど、みかんでも食べていかないかね」老人がそう言いながら座卓を手で示して座椅子に座る。

籠《かご》に盛られたみかんを見た瞬間、ある光景が脳裏によみがえってくる。

翔太は頷いて、老人の向かいに腰を下ろした。手を伸ばしてつかんだみかんを見つめる。

「みかんは嫌いかな？」

その声に、老人に目を向けた。首を横に振ってみかんの皮を剝く。

自分はそれほどではないが、父はみかんが好きだった。特に冬になると父がこたつに入ってみかんを頰張る姿をよく目にした。

父はもうみかんを食べられない。その現実を嚙み締めながら、なかなか口に運ぶことができずにいる。

「法事があったのかい？」

老人に問いかけられ、みかんに視線を据えたまま頷いた。

「父の葬儀です」

「そうか……そんなときにこんなことを頼んで悪かったね」

「いえ……父はみかんが好きだったんです。最後に食べたのはいつだったのかな……」

赤の他人にどうしてこんなことを話すのか自分でもよくわからない。いや、赤の他人だから父のことを話せるのかもしれない。

「臨終には立ち会えたのかい？」

首を横に振った瞬間、視界の一面が滲んだ。喉もとから湧き上がってくる震えを必死に抑えようとする。

自分のせいで父は死んでしまった。自分が父の人生を狂わせてしまった。

あんなことがなければ、やりたいことがたくさんあっただろうに。そのために若い頃から努力してきたはずだろうに。それに大切にしてきた家族と離れて酒浸りの生活を送ることもなかったはずだ。

「自分だったらよかったのに……」胸の底から言葉が漏れた。

罪深い自分が父の代わりに死ねばよかったのに――

「どういう意味だい？」

滲んだ視界の中で老人が身を乗り出してくるのがわかった。

「父は立派な人だった……自分のせいで……」それ以上言葉にならず、その場に突っ伏して翔太は泣きじゃくった。

そんな自分を老人はしばらく放っておいてくれた。

第三章

1

北本駅に降り立つと、新次郎はアパートに向かった。電車の中でもずっとそうしていたように、どのように法輪に切り出すべきかを考える。

法輪が北本に移ってもうすぐ二ヵ月になる。今までは週に二日ほどアパートを訪ねて法輪の様子を見ていたが、これからそれも難しくなるかもしれない。

先日、教員時代からの友人である岡崎《おかざき》から連絡があって飲みに誘われた。岡崎は新次郎と同じ年に定年退職を迎えたが、自分のような隠居生活は送らず、それから自らフリースクールを立ち上げたのだと飲みの席で語った。

フリースクールというのは不登校の子供たちの受け皿になる民間の施設で、教員の経験がある新次郎に一緒に働いてほしいと岡崎から懇願された。

岡崎から聞かされたフリースクールの話に新次郎も強く興味をひかれた。それに定年退職してから四年が経ち、自由な時間を持て余すことにもいい加減疲れを感じている。自分としてはぜひとも引き受けたかったが、法輪のことが頭をよぎり返事を保留した。

フリースクールで働くことになれば、今までのように法輪の様子を見に行くことはできない。自分の体力を考えれば、せいぜい一ヵ月に一回か二回訪ねるのが精一杯だろう。

最近の法輪の様子を見ていても不安が膨らむ。物忘れがさらに激しくなったようで何度も同じことを訊ね、会話が嚙み合わないことも多い。もしかしたら慣れない生活をしているせいで認知症が加速してしまったのではないかと、昌輝たちに内緒で保証人になったことを後悔し始めている。

どのように切り出すかを決めかねたままアパートにたどり着いた。ベルを何度か鳴らしたが応答がない。

「先生、いらっしゃいますか。永岡です」

ドアを叩きながら呼びかけてみたが、やはり出てくる様子はない。

鍵を取り出して開けたが、ドアが開かない。もともと鍵をかけていなかったようだ。あらためて鍵を回して中に入る。

「先生、失礼します」と言いながら玄関を上がった。奥のほうから大きな物音が響いている。テレビの音のようだ。

奥の六畳間に向かうと、座椅子に座ってテレビを観ていた法輪がこちらに目を向け、ぎょっとしたように身を引く。

「どちら様でしょうか？」

硬くこわばった表情で言う法輪を見つめながら、新次郎は呆気《あっけ》にとられた。

「先生、何をご冗談を……永岡です」

新次郎が言うと、はっと我に返ったように表情が朗らかになる。

「すまないすまない。ちょっとからかってみたんだよ」

法輪はそう言って笑ったが、自分を見たときの驚きようはからかいではないと感じる。

「お加減はいかがですか？」

そう問いかけながら室内を見回す。あらゆるところに脱ぎ捨てられた服や空のペットボトルなどが散乱していた。さらにその中にあるカップラーメンの空き容器には大量の小銭が入れてある。以前からそうであったがまた量が増えている。

それまではどうして小銭が増えるのか不思議だったが、認知症が進むと計算が苦手になる『失計算』という症状が現れ、買い物するときに計算が面倒で支払いをお札ばかりでしてしまうようになると、先日ネットで知った。

「まあ、何だね……アレだね」法輪がそう言って頭をかく。

「アレ、と言いますと？」

「まあ、いろいろだよ……」

会話が嚙み合わない。

「今日は先生にお話ししたいことがあって参りました」新次郎はそう言いながら法輪の向かいに座った。

法輪は新次郎に興味がなさそうにテレビのほうを向いている。

「すみません」と言いながら座卓に置いたリモコンを取って音量を下げる。それでも法輪はテレビを向いたままだ。

「先生——」

大きな声で呼びかけると、ゆっくりと法輪がこちらを向いた。

「今までは週に二回ほどこちらにお伺いしていたのですが、これからそうすることが難しくなりそうです」努めて大きな声でゆっくりと話す。

こちらを見つめながら法輪が首をかしげた。

「実は友人からフリースクールで働かないかと誘われまして……自分としてもぜひそうしたいと思っています。ただ、そこで働き始めたら今までのようにはここに来られなくなってしまうので……」

「フリースクール？」

「不登校の子供たちの受け皿になる施設です」

「不登校？」

「学校に行けない生徒たちのことです」

「どうして行けない？　学校に？」

「理由はいろいろです。いじめにあったり、学校の勉強についていけなくなったり、家庭の事情でそうなってしまったり。フリースクールで働くことで新たに自分の思いを果たしたいと思っています」

「自分の思いを果たす……」法輪が呟きながら顔を伏せて、すぐに視線を戻して何度か頷く。

「それで……ここを引き払って北上尾のお宅にお戻りになりませんか？」

法輪が首をひねる。

「フリースクールで働くようになれば、わたしも月に一、二度ぐらいしかここに来られなくなるでしょう。先生のことが少し心配です」

「大丈夫だ」

「せめて、昌輝くんや久美ちゃんにここで生活していることを知らせておくとか……」

「それはだめだ！」

法輪の怒声に驚き、新次郎は仰け反りそうになった。

「わたしはここから絶対に出ていかん。わたしのことを子ども扱いするな！　ひとりでいても何も困らない。これ以上話はないからもう帰ってくれ」

目の前でわめき散らす法輪を見ながら、新次郎は困惑するしかなかった。

2

やっと翔太からの返信が届き、すぐにメッセージを読んだ。

『何でもいい』

綾香はその文面を見ながら溜め息を漏らした。何が食べたいかとメールで訊ねたのに、これではまったく張り合いがない。

携帯をバッグにしまうと店内を歩き回って今夜の献立を考える。翔太の好みはだいたいわかっているが、一〇四号室の山田の好みを想像しながら頭を悩ませる。先日はタコとわかめの酢の物を差し入れしたが、ほとんど食べずに残してあった。ああいうのは好みではなさそうだ。

どんなものが好みか訊ければ話は簡単だが、曖昧な答えしか返ってこないのでいろいろ試しながらやっていくしかない。

初めて会ったときにはそれほどとは思わなかったが、今の山田はかなり認知障害が進んでいるように感じる。

質問と答えがまったく嚙み合わず、家族のことなどを訊いても答えられずにいる。

一ヵ月ほど前から山田を口実にして、週に二回ほど翔太の部屋に通うようになった。いつもコンビニ弁当ばかりを食べている翔太に手料理を作り、おすそ分けとして山田に届けている。

綾香は拓海と夕飯を食べるので料理を作って山田に届けたらすぐに帰るが、今のところ翔太から不審に思われている様子はない。

翔太は今日も夜勤の仕事があるからスタミナをつけてもらおうと、豚の生姜焼《しょうがや》きにすることにした。あと、翔太は納豆が好きだからそれも忘れてはいけない。それとカボチャの煮物でも作ってみようか。

それらの食材をカゴに入れ、最後にお菓子コーナーに立ち寄る。小さな子供が好きそうなチョコレートを選んでレジに行った。会計して店を出るとアパートに向かう。

翔太の父親が亡くなって一ヵ月半が経つ。葬儀から戻ってきた翔太は父親の死に対してどんなことを思っているのか何も口にしなかったが、心の中で何か大きな変化があったのはその後の生活ぶりから窺える。

葬儀から三日後に、翔太はそれまでしていた梱包ピッキングから夜勤の警備員に仕事を変え、週四日午後二時から六時まで介護職員初任者研修の講座に通い始めた。もうすぐ修了テストがあると言っていたが、合格するかどうかの心配はしていない。翔太なら大丈夫だろう。しかし実際にその職に就けるかどうかは何ともわからない。翔太の名前を検索すれば、今でもネット上にはたくさんの記事や書き込みが漂っている。

自分にはどうすることもできない。ただ、たまにアパートに通って夕食を作り、翔太の希望が叶うのを願うしか、今の自分にはしてあげられない。

アパートに着くと翔太から預かっている鍵を取り出してドアを開けた。台所の流しの横に買い物袋を置き、奥の六畳間に行く。

座卓にかじりつくようにして勉強している翔太を見て、声をかけるのをやめた。

台所に戻ってエプロンをつけると料理の支度をした。ご飯は翔太がすでに炊飯器で炊いている。生姜焼きとカボチャの煮物を別々のタッパーに入れ、保温性のマグカップに入れた味噌汁とともに盆に置く。あ、と思い出して先ほど買ったチョコレートをエプロンのポケットに入れる。

「ちょっと行ってくるね」と翔太に声をかけ、綾香は盆を持って部屋を出た。

一〇四号室のベルを鳴らしてしばらく待っていると、ゆっくりとドアが開いて首から携帯をぶら下げた山田が顔を出した。

「どちらさんですか?」こちらを見つめながら山田が首をひねる。

もう何度も訪ねているが覚えられていない。

「一〇二号室の者ですが、ちょっと作りすぎてしまったのでよろしかったらお召し上がりになりませんか」

いつもはここで盆を受け取り、前に持ってきたタッパーを返してくれるが、「それはありがとう」と言って山田がこちらに背を向けて奥に進んでいく。

入っていいということのようだ。

「失礼します」と綾香は言って、盆を持ったまま玄関を上がった。台所の棚の上に置かれた二つの遺影の横に飾られたものが目に留まった。コップに白い小さな花を活けている。

奥に進んでいくと「よっこいしょ……」と言って山田が座椅子に座る。

座卓の上にある弁当のふたを開けてみると、まだ食べる前のようだ。そのまわりに持ってきた料理を置いた。

「台所のお花、素敵ですね」

綾香が言うと、山田が弁当箱からこちらに顔を向けた。

「キミコは白い花が好きでねえ……」嬉しそうな笑顔で言う。

「奥様ですか？」

山田が頷く。

「ただ……フミコを連れて実家に帰ってるんでねえ、今日は寂しくて。早く帰ってこないかなあ」

山田を見つめながらどうにも切なくなった。

記憶が混乱してそう思っているのだろう。あの遺影がそのふたりであるとすれば、いつまで待っていても帰ってくることはないというのに。

「あの……携帯の番号を交換しませんか?」

綾香が言うと、山田が首をひねった。

「首に掛けてある携帯電話です。わたしの番号を登録して、山田さんの番号もわたしの携帯に登録しますので、何か困ったことがあったらいつでも電話をかけてください。もちろん困ったことがなくても、誰かと話したくなったらいつでも」

山田が頷いたので、綾香は首に掛けていた携帯を取って自分の番号を登録する。念のために使い方を教えると、綾香は「また来ますね」と盆を持って台所に行った。

ポケットから取り出したチョコレートを棚の上のモノクロ写真の前に供え、前に持ってきたタッパーを回収して一〇二号室に戻った。

3

瞼の裏に光が差し込んできて、目を開けた。

あたりを見回してみたが君子と文子の姿がない。

布団を剝《は》がしてそばにある杖をつかんで起き上がる。膝に激しい痛みが走った。日本に帰還してから十年以上経っていても、膝の中にめり込んだままの銃弾の破片が自分の神経を傷つける。杖をついて隣の和室と台所に行ってみる。いない。風呂場にも便所にもいない。

おかしい――

文子を連れて買い物にでも行ったのだろうか。だがそうであれば、自分に一言ぐらい告げて行くはずだ。

もしかしたらと思い、押し入れに近づいた。天袋の襖を開けて手で中を探るが、いつも置いてある場所にアレがない。

まさか、君子に見つかってしまったのではないか。それで文子を連れて狭山《さやま》の実家に帰ってしまったのかもしれない。

こうしてはいられない。君子に会っても言い訳の言葉も見つからないだろうが、何とかして家に戻さなければならない。

自分には君子と文子が必要だ。ふたりがいなければ自分は生きていこうという気力さえ持てない。

焦燥感に駆られながら座卓の上に置いた鍵を手に取り、玄関に向かう。

ふと思いついて、六畳間に戻る。昨年、君子がプレゼントしてくれた手編みのセーターを着て部屋を出た。鍵を閉めると駅のほうに向かって歩く。

だが、目につくものすべてに覚えがない。いくら歩き回ってもいっこうに駅にたどり着けない。そればかりか通り過ぎる車も、天高くそびえる建物も、今まで見たことがないようなものばかりだ。

道行く人に駅に行く道を訊ねたが、相手の言葉がまったく理解できない。

ここは日本ではないのか？　まるで自分が寝ている間に世界が変わってしまったみたいだ。いったいどういうことなのだろう。わけがわからない。

道行く人たちに「ここはいったいどこだ」と訊ねたかったが、そんなことをすれば変な人だと思われるだろう。

心細さに襲われて泣きそうになってしまう。だが、その思いをあらわにすることはできない。三十歳を過ぎたいい大人が道端で泣いている姿を見られたら、近所の人たちからのいい笑い物だ。

仮にも聖職と呼ばれる仕事に就いている自分がそんな無様な姿をさらすわけにはいかない。

だが、いくら歩き回っても駅に着かない。よくよく考えると、慌てて出てしまったせいで財布を家に忘れている。とりあえず家に戻って出直そうと考えたが、どの道を行けばいいのかわからない。

ここがどこかを確かめたくても、靄《もや》がかかったように頭の中がぼやけていて、どうすればいいのかわからない。

これは夢なのだろうか。現実のものにしか思えない足の痛みも、疲労感も、締めつけられるような胸の苦しみも、すべては夢の中の出来事なのだろうか。

君子、近くにいるなら早く起こしてくれ――

必死に願っているがいっこうに夢から醒《さ》めない。君子も、文子も、まだ寝ているのだろう。

今はいったい何時だ？　わからない……何でもいいから早く自分を起こしてくれ。

視界の中にベンチが見えて、とりあえずそれに座ろうと向かった。だが、なかなか近づいてこない。やっとの思いでたどり着き、ベンチに腰を下ろす。

夢の中の出来事であるが、少しばかり足の痛みが引いていくように感じた。そのままベンチに座りながら夢が醒めるのを待つ。

視界に映る空が青から橙色に、そして漆黒の闇に変わっても、夢から醒めない。とても夢とは思えない冷たさが肌を突き刺し、神経をいたぶる。

肩を叩かれ、顔を上げた。若い男がこちらを見下ろしている。

「どうしたんですか？」

男が発した言葉の意味が理解できる。

「蕨駅はどちらでしょうか」

ようやく話が通じる相手に会えたと思い訊ねると、男が首をひねった。

「蕨駅はここからかなり遠いですよ」

「ここから一番近い駅はどこですか」さらに訊ねる。

「北本駅です」

蕨からかなり離れた駅だ。どうしてそんなところに自分はいるのだ。

「妻と娘が実家に帰ってしまったみたいなんで迎えに行かなきゃならない。だけど慌てて出てきてしまったせいか財布を忘れてしまった。とりあえず家に帰ろうと思うんだが、どこを行けばいいのか……」

若干であっても自分よりも年下に思える者にこんなことを訊かなければならないのは恥ずかしいが、どうにもしかたがない。

「あなたの家なら知ってますよ」

男の言葉を聞いて、首をひねった。

どうして見知らぬ男が自分の家を知っているのかと怪訝に思う。

「あなたと同じアパートに住んでるので」

そういうことかと合点する。アパートでこの男を見かけたことはないが、見かけられたことはあったのだろう。

「申し訳ないけどつれていってもらえますか」

男が頷いたのを見て、立ち上がった。男が着ていた上着を脱いで自分にかけてくれる。

そんなことをされるのは恥ずかしく抵抗があったが、寒くてたまらないので礼を言って男の後についていく。先ほどまで治まっていた足の痛みがぶり返してくる。息苦しさも増してきた。

そのまま歩き続けてしばらくすると、目の前に二階建てのアパートが見えてきた。

「ここではないよ」

そのままアパートに近づいていく男に言うと、「このアパートの一〇四号室ですよ」と答える。

「そんなはずはない」

自分が住んでいるアパートはこんなにぼろくはない。

男がドアノブをつかんで回す。鍵がかかっているのを確認したのか、こちらに顔を向けて「鍵は持ってますか?」と訊く。

鍵は持っているが、違う部屋だから開くはずがない。

男にそれを示そうとポケットから鍵を取り出して穴に入れて回す。カチッと音がして驚き、ドアノブを回す。開いた。

どういうことだ。

「外は寒いので、早く部屋の中で温まってください」

男がそう言って自分にかけていた上着を脱がせてそれを着る。その場から立ち去ろうとする男を呼び止めた。

「あんた、さっきこのアパートに住んでると言ってたね」

「そこの一〇二号室です」男が指を向けて言う。

「妻と娘を見かけたことがあるだろう。ふたりがどこに行ったか心当たりはないかね?」

君子は近所付き合いのいい女性だ。同じアパートの、しかも同じ階に住んでいるなら多少の付き合いはあるはずだ。

こちらの問いかけに、男が首を横に振る。

だが、どこか寂し気な眼差しから知っているのだろうと感じた。もしかしたら君子から言わないよう口止めされているのかもしれない。

「もし、彼女に会ったら……早く戻ってきてほしいと伝えてくれ。もうやらないから。ふたりのために必ず改心して善良な人間になるからと」

必死に訴えかけたが、男は頷いてくれない。

「何か手伝ってほしいことがあったらいつでも言ってください」男はそれだけ言うとこちらに背を向けて歩き出した。

4

道を進んでいくと『グループホームけやき』という看板が見えた。

翔太はその前まで来て立ち止まり、ネクタイを整えてからドアを開けた。右手に受付があり、その奥に広いスペースがある。談話室のようで十数人の高齢の男女がおしゃべりしたりテレビを観たりしているのが見える。

受付に声をかけると、空色の作業服を着た若い女性が応じた。

「面接のお約束をした籬です」

「どうぞお上がりください」

靴を脱いでスリッパに履き替えると、女性に続いて広いスペースの奥に進んでいく。『応接室』と札の掛かったドアの前で立ち止まり、女性がノックしてドアを開ける。

「面接の籬さんがいらっしゃいました」

ソファに座って書類を見ていた年配の女性に「どうぞ」と促され、翔太は会釈して部屋の中に入った。外からドアが閉じられる。

「どうぞ、お座りください」

「失礼します」と翔太はふたたび一礼して女性の向かい側にあるソファに座った。

「施設長の森山《もりやま》です。さっそく履歴書を見せていただけますか」

翔太は鞄の中から履歴書を入れた封筒を森山に差し出し、居住まいを正した。

森山が封筒から履歴書を取り出して見る。すぐに驚いたような目をこちらに向ける。

履歴書には危険運転致死と道交法違反によって逮捕され、川越少年刑務所に服役していたことなどを正直に書いている。

ためらいはあったが、いずれ知られてしまうかもしれないと怯《おび》えながら働くよりも、自分の前科を知ったうえで雇ってくれるところを探したほうがいいと決意した。

「危険運転致死と道交法違反によって逮捕されたとありますが、具体的に事件の内容を訊かせてもらえますか」履歴書をテーブルの上に置きながら森山が先ほどとは違う硬い声音で言った。

「飲酒運転の末に女性を車で撥ねてそのまま逃走したという罪です」

森山が表情を曇らせてこちらに据えていた視線を履歴書に向ける。しばらく見つめて何かに思い当たったように「籬さんって……」と呟く。

「以前テレビとかによく出ていたかたの？」

顔を上げた森山に訊かれ、「そうです」と翔太は答えた。

「記憶違いだったらごめんなさい。たしか……ご高齢の女性を撥ねて、二百メートル近く引きずって死なせた……」

「ええ……」

「うちで何軒目？」

この履歴書で何回面接を受けたかということだろう。

「五軒目です」

「どうして介護関係の仕事に就きたいと思ったの？」

今までは履歴書を見せた時点で体よく追い返されたので、その質問をされることはなかった。

どうしてそうしたいのか、自分の心の裡を探る。

「3K仕事だと評判だから、前科があっても簡単に雇ってもらえると思った？」

「いえ……ここしばらくずっと考えていました。自分にとって一番辛いこと、一番辛い仕事は何だろうと」

鋭い眼差しでこちらを見つめていた森山が小首をかしげる。

「それは自分が死なせてしまった八十一歳の女性と近い人たちと接することだと思いました。自分が少しでもその人たちの役に立てるかどうかを試したかったんです」

「たしかにあなたの言う通り、辛い仕事になると思いますよ。同僚はおろか、ここに入所している方々もそのご家族も、いずれあなたが過去に起こしたことを知ってしまうかもしれない。冷たい視線を向けられ、誹謗中傷されることもあるでしょう。特にここに入所している中には、感情を装えない人も多くいらっしゃるから」

「覚悟しています」

翔太が言うと、森山がふたたび履歴書に目を向けて考え込むように唸った。

やはり今回も駄目だろうか。

漏れそうになる溜め息を必死に押し留めていると、森山が顔を上げてまっすぐこちらを見る。

「わかりました。来週の月曜日から来てもらえるかしら？」

ドアに近づくと、カレーのいい匂いが漂ってくる。

これからする報告に気持ちを浮き立たせながら、翔太はベルを鳴らした。

すぐにドアが開いてエプロンをした綾香が顔を出す。

「ただいま」

「おかえり。ちょうど夕飯の準備ができたところ」

翔太は靴を脱いで玄関を上がった。コンロに近づき、鍋の中のカレーに目を向ける。うまそうだ。

「すぐに食べる？」

綾香に訊かれ、翔太は頷いた。綾香が皿を取り出して準備をする。

「与野《よの》にあるグループホームで働くことになった。正社員で」

翔太が言うと、綾香がこちらに顔を向けて「そうなんだ」と返す。それほど喜んでいる様子ではない。

「本当のことを聞いたうえで採用してくれた」

さらに言うと、「本当⁉」と綾香が満面の笑みになった。それを見て、嬉しさが十倍になる。

「どうして先に連絡してくれなかったの。お祝いにステーキとかにしたのに」

「綾香が作ってくれたカレーは抜群にうまいよ」

翔太はそう言って笑い、六畳の部屋に行った。脱いだ上着をハンガーに掛けて座卓の前に座り、テレビをつける。綾香が訪ねてくるようになってからリサイクルショップで買った16インチのテレビだ。

「そういえば……この前、一〇四号室の山田さんを外で見かけて部屋まで送ったんだ」

翔太が言うと、「部屋まで送った？」と訊き返しながら綾香がやってきた。

「ああ。公園のベンチでひとりでポツンと座っててさ。こんな夜に公園で何してるんだろうってちょっと気になって声をかけたら、どうやら自分のアパートがわからなくなっちゃったみたいで」

「そうなんだ」

そのときの山田とのやり取りを思い出し、気持ちが塞ぐ。

「どうしたの？」

綾香に問いかけられ、翔太は頭を振った。

「いや……奥さんと娘さんが実家に帰ってしまったみたいだから迎えに行かなきゃいけないって言ってた。それで駅に向かおうとして徘徊しちゃったらしい」

「台所の棚の上に遺影がふたつ置いてあるけど、たぶん奥さんと娘さんだと思う。娘さんの遺影はモノクロだから、ずいぶん昔に亡くなったんじゃないかな」

蛍光灯を取り替えたときに、棚の上にふたつの遺影と位牌が置いてあったような気がするが、自分はよく見ていない。

「そうなんだ。歳はどれくらい？」

「二、三歳ぐらいかな」

かわいい盛りだろうと、山田の姿を思い出しながら心の中が暗くなる。

「おれが帰るとき、ふたりがどこに行ったか知らないかと訊かれて……もうやらないから、ふたりのために必ず改心して善良な人間になるから、早く戻ってくるよう伝えてくれって言われたけど……何も答えようがなかった」

「もうやらないからって、何を？」

綾香に訊かれ、「わからない」と首を横に振る。

それがどんなことなのか自分には知る由もないが、妻と娘に対する深い後悔の念があるのはたしかだろう。

「何だか不憫《ふびん》だよね……この前、差し入れに行ったときも、奥さんはお嬢さんを連れて実家に帰ってると思い込んでた。山田さんにカレーとサラダ、持って行ってあげるね」

翔太が頷くと、綾香が部屋を出ていった。しばらくして玄関のドアが閉まる音がする。

あらためて山田を部屋に送り届けたときのことを思い返す。

ひとりきりの部屋で孤独に耐えている山田を可哀そうに思ったが、同時に自分の老境はもっと悲惨だろうと想像した。

過去を隠さないかぎり定職に就けず、子供を作ることはおろか、結婚することさえもできず、楽しい思い出もないまま、こんなボロアパートで誰にも看取られることなく孤独死するのではないかと。

先ほどまでは自分の未来をいっさい思い描けなかった。でも、今は――

自分が犯した罪を知っても忌避しないでくれる人が他にもいるかもしれないと、少しだけ気持ちが明るくなっている。

いつか自分も結婚して、子供ができて、大切に思える友人たちに囲まれ、幸せな生活ができるのではないかと。

ふいにテレビから聞こえてきた声にぎょっとして目を向けた。ニュースをやっていて、画面に『ひき逃げ事件の容疑者逮捕』のテロップが出ている。

翔太はとっさにリモコンをつかんでチャンネルを変えた。部屋の外を見る。綾香がいないときでよかった。

5

ベルの音がしつこく鳴り響き、杖をつかんで立ち上がった。台所の流しに置いた弁当箱を持ってドアを開ける。

「ノリワさん、コグレです」目の前に立った男が言った。

「今日の献立は何ですかな？　昨日の野菜炒めはちょっと薄味だったね。いくら年だといってもあんな薄味じゃご飯のおかずになりませんよ。作る人によく言っておいてください」

抗議しながら弁当箱を差し出すと、目の前の男が首をかしげた。

「あの……わたくし、『ホープ探偵事務所』のコグレです。とりあえず上がらせてもらいますね」

男はそう言いながら弁当箱を受け取ることなく、勝手に部屋に上がり込んでくる。

「今日の献立は何ですかな？」奥の部屋に向かっていく男の背中に向けて言った。

昨日の野菜炒めはちょっと薄味だった。いくら年寄り相手の食事だといってもあんなに薄味じゃご飯のおかずにならない。ただ、作ってくれた人に悪いから自分の胸にだけ留めることにする。

「いえ、知りません。わたしは宅配弁当屋じゃありませんので」男がこちらに顔を向けて言った。

違う？

言われてみれば、いつも弁当を運んでくる男と格好が違うように思う。いつも弁当を持ってきてくれる男……いや、女だったか……どちらにしてもたしか……どんな服を着ていたのかはよく覚えていないが、帽子をかぶっていた。それだけはたしかだ。

だが、目の前の男は帽子をかぶっていない。弁当屋ではないのだ。

「じゃあ、今日の夕飯は誰が持ってきてくれるんだ」

「わたしでないことだけはたしかですね」

男がそう言って朗らかに笑い、座卓の前に座った。鞄から何かを取り出して座卓の上に置く。

「わたしはお弁当ではなく、こちらをお持ちしました」

言われるまでもなく座卓に置かれたのが弁当箱でないことぐらいわかる。大きな封筒だ。馬鹿にしているのだろうか。

「……で、今日の夕飯は誰が持ってきてくれるんだ」

「おそらくこの後、誰かが届けてくれるのではないでしょうか。とりあえずお座りください」

男に手で促され、しかたなく向かいに座った。

「この一週間のマガキショウタの素行調査の報告書です」

男がそう言いながら封筒から取り出した紙束を広げてこちらに向ける。

おそらくでは困るのだ。弁当が届かなければ今夜は食べるものがない。もっともそんなに腹は減っていないので、それならそれでいいが。

男が紙をめくり、写真に指を向ける。どこかの建物から若い男が出てくる写真だ。

「先週も先々週もお伝えしましたが、念のためにもう一度お話ししますね。マガキシヨウタは三週間前から与野にあるグループホームで介護職員として働いています。グループホームはおわかりでしょうか？」

男の話を聞きながら首をひねった。

「ノリワさんのようなご高齢のかたのお世話をする施設のことです。それとなく施設の関係者や入所者やそのご家族から話を聞いてみましたが、いたって評判はいいようです」

だから何だというのだ。

こちらの苛立ちもおかまいなしに「さらに新しくわかったことですが……」と言って男が紙をめくる。

女の写真が載っている。若い女だ。

「この女性はクリヤマアヤカといいますが、ご存じでしょうか」

男に訊かれ、「知らない」と首を振った。

「そうですか……この女性は桶川にある病院で管理栄養士として働いているんですが、度々マガキショウタの部屋を訪ねています。ふたりがどういう関係なのかまではまだわかっておりませんが、部屋を訪ねるということはそれなりに親密な関係なのではないかと思われます。ちなみにこの女性は女手ひとつでタクミくんという四歳の子供を育てていますが、子供の父親が誰であるのかはわかっておりません。住所は……」

「いいかげんにしてくれないか！　この男と女がいったい何だというんだ。わたしの夕飯よりも大切なのか？」

「……だと思います」

そう言って男が立ち上がって部屋を出ていく。しばらくして戻ってきた男が自分の目の前に額に入った写真を置いた。

白髪交じりの女性がこちらに向けて微笑んでいる。

誰だ……

いや、自分はこの女性を知っている。とても大切な人だ。名前は……

「ノリワキミコさん。あなたの奥様です」

そうだ。言われなくてもそんなことはわかっている。

君子──自分が心の底から愛している妻だ。忘れるはずがない。

「五年半前に君子さんはマガキショウタの運転する車に撥ねられ、二百メートル近く引きずられて、お亡くなりになりました」

その言葉に弾かれ、写真から男に視線を向けた。

「わたしはあなたに頼まれ、マガキショウタが今どこに住んでいるのかを調べ、素行調査を続けています」

「君子を死なせた男が今どこにいるのか知っているのか？」

そう問いかけると、男が哀れむような笑みを浮かべた。

何かおかしいことを言っただろうか？

「この部屋のふたつ隣の一〇二号室に住んでいます」

そんな近くに住んでいるのか。こうしてはいられない、今すぐ会いに行かなければ。

立ち上がろうとする自分の肩を男がつかんで制止する。

「今訪ねてもいません。今日はおそらく夜の八時頃に帰ってくるのではないでしょうか」

「そうか……」

夜の八時ということはあとどれぐらい待たなければならないのか。

「それではわたしはこれで失礼します。また来週お伺いしますね」男がそう言って立ち上がり、部屋を出ていく。

若い男の写真を見つめながら、早く会わなければならないと焦燥感に駆られる。この男に会って……この男に会って……自分は何をしようとしていたのだろうか。

しばらく考えたがわからない。紙束を封筒に入れ、君子の写真とともに手に持って立ち上がった。杖をつきながら台所に向かい、棚の上に写真を置き、封筒を引き出しの中にしまった。

ふと、中に入った風呂敷包みを目に留め、動悸が激しくなる。なぜだかわからない。なぜ、こんなにも背筋がぞくぞくするのだろう。

ためらいながら風呂敷包みを手に取ると重みを感じた。棚の上に置き、風呂敷を解いていく。

中に入っている物を目にした瞬間、頭の中に閃光《せんこう》が走った。

ひとつの光景が鮮明に浮かび上がり、それに続いて様々な記憶が頭の中を駆け巡る。

――そうだ。あの男に会ってこの思いを果たさなければならない。

どうして今までこんな大切なことを忘れていたのだ。

もう絶対に忘れてはならない。

それを持ったまま部屋の中を歩き回った。座卓の近くに放ってあった鞄が目に入り近づいていく。君子が買ってくれた鞄だ。いつも愛用しているのでこの中に入れておけば忘れないだろう。

鞄の中に入れたがそれだけではどうにも安心できない。

これを目にすれば自分が何をしようとしていたのかはきっと思い出せる。だが、その相手を忘れてしまってはどうしようもない。

あたりを見回して座卓の上に置いてあったマジックを手に取る。

『起きたらすぐに引き出しの中を見ろ』と座卓に書き、台所に向かった。棚の引き出しから先ほど入れた封筒を取り出してそこに自分の思いを殴り書きする。

6

背中に視線を感じて翔太が振り返ると、窓際のテーブル席でひとり座っている老女がすぐにこちらから視線をそらした。中井千鶴《なかいちづる》という七十九歳の入所者だ。

翔太は折り紙をしている入所者たちの輪から離れて千鶴に近づいた。

「中井さんも向こうで一緒に折り紙をしませんか？」

声をかけると、手に持っていた携帯から千鶴がこちらに顔を向ける。

「どうしてわたしがあんな人たちとくだらないことをしなきゃいけないのよ」

眉を寄せて言う千鶴に、「けっこう楽しいと思いますよ」と翔太は笑顔を心がけて返した。

「冗談じゃない。うっとうしいからあんたも向こうに行きなさいよ」

手で追い払うような仕草をされて、翔太はしかたなく千鶴のもとを離れた。折り紙をしているテーブルに戻る途中、「中井さんに何か言われたの？」と同僚の山西《やまにし》に呼び止められる。

「いえ……まあ……」何と言っていいかわからず翔太は言葉を濁した。

「中井さんにも困ったものね。プライドが高くて、他の入所者さんとよく問題を起こしてて」

「そうなんですか？」

「自分はこんなところで、こんな人たちと一緒にいる人間じゃない、みたいなことをよく口にするのよ。他の入所者さんに対しても『貧乏人のくせに』とか『頭が悪い』とか馬鹿にするようなことを言ったりして……」

翔太は今のところそのような光景を見たことがない。

「別にそんなにお金持ちだったわけでもなさそうなんだけどね。それに職員に対しても『使えない』とか『給料泥棒』とか言って、よく食って掛かってくるし」

「さっきは『うっとうしい』と言われちゃいました」

頭をかきながら翔太が言うと、山西が深い溜め息を漏らす。

「認知症で息子さんたちと一緒に暮らすのが難しくなってここに入ってきたんだけど、なかなかそういう自分を受け入れられないみたいね。だけどそんな態度をとってもよけいに寂しくなるだけなのにね」

そう言って山西がその場を去ると、翔太は振り返った。ひとりぽつんと携帯をいじっている千鶴を見つめる。

奥の部屋から着信音が聞こえ、翔太は包丁を持った手を止めた。まな板の上に包丁を置いて六畳間に向かう。

座卓の上にあった携帯を手に取る。母からの着信だ。

「もしもし……翔太？　元気にしてる？」

電話に出ると、母の声が聞こえた。

こちらから電話をしたことは今までにないが、母は定期的に連絡をくれている。

「ああ。あいかわらずだよ」

いつもと変わらない返事をした後、自分の生活に大きな変化があったのを思い出す。

「そう……ちゃんと食べてるの？　コンビニ弁当とか外食ばかりだと栄養が偏っちゃうからね。もし何だったらお米とか缶詰とか少し送ってあげようか？」

母の言葉もいつもと変わらない。

「大丈夫だよ。送る代金のことを考えたらこっちで買ったほうが安くつく。最近はけっこう自炊もしてるよ。今だってこれから野菜炒めを作るとこだったんだから」

週に二日ほどは綾香に作ってもらっているが、それは言わないでおいた。

「あのさ……三週間ほど前から新しい仕事を始めたんだ」

「そうなの？」

心配そうな声音になる。事件のことが知られて仕事を変えざるを得なくなったと思っているのかもしれない。

「今は与野にあるグループホームで働いてるんだ」

「グループホームって、介護の？」

「そう。正社員として採用された。まだまだヒラのヘルパーだけど、もっと勉強していずれはケアマネージャーの資格を取りたいと思ってる」

「そうなの……」

なかなか母の明るい声が聞けない。

「事件のことを正直に話したうえで採用してもらった」

「そうなの⁉」

同じ言葉であっても先ほどとは声のトーンがぜんぜん違う。

「ああ。もちろん、これからいろいろと辛いこともあると思うけど、それを知られたとしても信頼してもらえるようにやるしかないから」

「そう……そうね。おめでとう……本当によかったね」

喜びを嚙み締めるような母の震えた声を聞きながら、少し目頭が熱くなる。

「ずっと甘えたままだったけど、これからお金も返していくから」

「それは気にしなくていいから。自分の将来のために……して……ね……」

それから二言三言話して電話を切ったが、最後のほうは涙ぐむ声でよく聞き取れなかった。

翔太は携帯を置いて台所に戻った。残りの野菜を切ると肉と一緒にフライパンで炒めて味つけをする。皿に盛ろうとしたところで、ふと考えて手を止めた。流しの下の棚からタッパーを取り出して、フライパンの野菜炒めの三分の一ほどをそれに入れて蓋《ふた》をする。

奥から鍵を取ってくるとタッパーを持って部屋を出た。鍵を閉めて一〇四号室に向かう。

ベルを鳴らそうとして少しばかり緊張する。綾香は度々山田に料理を持って行っているが翔太がそうするのは初めてだ。

ベルを鳴らしてしばらく待つと、ドアが開いて山田が顔を出した。

「おう、君か」

気安そうに声をかけられて少し驚く。

「今夜あたり来るんじゃないかと思ってたよ。まあ、上がりなさい」

「はあ……」

翔太は戸惑いながら部屋に上がった。杖をつきながら奥の部屋に向かう山田についていく。

六畳間に入った翔太は啞然《あぜん》とした。蛍光灯を取り替えたときと比べてずいぶん部屋が散らかっている。

「まあ、座りなさい」と言われ、山田が腰を下ろした向かいに座った。

ちょうど夕食をとっていたところのようで、座卓の上に宅配弁当が置いてある。

「これ、作ったので……よかったら」翔太はそう言いながら弁当箱の近くにタッパーを置いて蓋を取った。

「だいたい、ナガオカくんは生真面目すぎるんだよ。生徒たちのことを熱心に考えるのはいいことだけど、何かあるたびにそんなふうに落ち込んでたら身が持たないよ」

どうやら自分を誰かと勘違いしているようだ。

認知症の人に間違いを正すのはよくないとケアマネージャーから教わったので、

「そうですね」と相槌《あいづち》を打つ。

山田がタッパーに箸を伸ばして野菜炒めを食べる。

「ちょっと味つけが濃いな。いくら若いといっても塩分の取りすぎは注意したほうがいい。妻はそこらへんのことに気を使って料理を作ってくれてる。だけど味も絶品だろう？　君なんか何杯もおかわりするもんな」

「ええ……まあ……おいしいので」話を合わせる。

「君はいい人はいないのか？」

「いい人、ですか？」

「そう。大切な相手だ。大丈夫、同僚には内緒にしておくから」

「います」綾香を思いながら言った。

「そうか……安心したよ。そんな相手がいれば、どんなに苦しいことがあっても生きていこうと思える。早く結婚しなさい。何だったらわたしたちが仲人をしてあげよう。妻はひとり者の君をいつも心配してるから、きっと喜ぶだろう」

山田を見ているのが切なくなり、視線をさまよわせた。すぐそばに置いてある紺色のセーターが目に留まった。前にアパートまで送ったときに山田が着ていたものだ。

「ああ、それか……去年、妻が作ってくれたんだ」山田が笑うように言う。

ずいぶん使い古したようでところどころ毛糸がほつれている。

セーターを見ながら、この人の妻はどんな女性だったのだろうと想像した。きっと夫想いの優しい人だったのではないかと思い、さらに切なさが増した。

7

実家にたどり着くと、昌輝はベルを鳴らさずそのまま鍵を開けて玄関に入った。

「ただいま」

玄関から声をかけたが、反応はない。

一階の台所と居間を見たが父はいない。二階に行ってみたがそこにも父はいなかった。どこかに出かけているのだろうか。

昨日電話をして二時頃に行くと伝えていたのに。

きちんと父と話さなければならないと思って、ひさしぶりの休日を利用して実家に行くことにした。

二ヵ月ほど前までは、なかなか実家に行くことができない昌輝や久美に代わり、永岡が週に二日ほど父の様子を見に行って、会話のおぼつかない父に代わって自分の携帯に日常生活の報告をしてくれていた。だが、フリースクールで働き始めることになってから、永岡はなかなか父に会いに行けていないという。そういう自分も実家に来るのは四ヵ月ぶりだ。

数日に一回は父の携帯に連絡しているが、会話が嚙み合わず不安を抱えたまま電話を切ることになる。

さすがにひとり暮らしを続けさせるのは限界だろうと感じ、何としてでも名古屋に来るよう説得するつもりでやってきた。

それなのに、いったいどこに行っているのか。

昌輝は母に線香を上げるために居間に入った。仏壇の前に座り、呆気にとられる。

母と文子の遺影と位牌がない。

どういうことだろうかと、昌輝は携帯を取り出して父に電話をかけた。

三十回ぐらいコール音を聞いたが、父は出ない。

そういえば父の携帯にGPSをつけていたのを思い出して、地図を表示させる。

父の携帯の位置は北本市古市場二丁目――を指し示している。

どうしてこんなところに父の携帯があるのだ。

もしかして、認知症の症状が進んでいて、このあたりを徘徊しているのではないか。

携帯の画面を見ながら歩いていると、古びた二階建てのアパートの前にたどり着いた。錆びついた鉄階段に『コーポ住吉』とプレートが掲げられている。

GPSの印はこのアパートを指し示している。アパートの周辺を歩き回ってみたが、父の姿はない。

どういうことだろうか。父はこのアパートのどこかの部屋にいるのか。もしかしたらここに住んでいる友人を訪ねているのかもしれない。

これからどうするべきかと考えて、昌輝はとりあえず父の携帯に電話をかけた。父が出ないのを確認すると、耳から携帯を離す。一〇一号室のドアに耳を近づけ、順番に一階の部屋を回ってみる。一〇四号室のドア越しにかすかに着信音のようなものが聞こえて足を止めた。電話を切ると音がやむ。ふたたび父に電話をかけると、中から着信音が聞こえた。

どうやらこの部屋のようだ。

一〇四号室のベルを何度か鳴らしたが、ドアが開くことはなかった。

永岡から着信があり、昌輝は電話に出た。

「お待たせしてすみませんでした。今、北本駅に着きましたので、これからアパートに向かいます」

永岡の言葉を聞いて電話を切ると、携帯をポケットにしまって自分もアパートに向かった。

あの後、アパートを管理している不動産会社に出向いて事情を説明すると、三ヵ月半ほど前から父が一〇四号室を契約していると従業員に告げられた。

どういうことかわからず混乱しながら部屋の中を確認したいと言うと、家族であると証明できるまで勝手に中に入れるわけにはいかないので、とりあえず保証人に連絡してみますと返された。

従業員が電話をかけた保証人は永岡だった。できるだけ早く部屋の中を確認したいが、永岡が来るまではどうしようもない。フリースクールは休みらしく永岡はすぐにこちらに来るという。父が携帯を忘れて外出した可能性も考えて、永岡を待っている間にアパートの周辺を歩き回っていた。

少し先に永岡らしい背中を見つけた。駆け寄りながら声をかけると、永岡が足を止めて振り返った。

「いったいどういうことなんですか？」

昌輝が言うと、永岡は決まりの悪そうな顔で「いや……歩きながら話しましょうか」と足を踏み出した。

「黙っていて申し訳なかったけど……先生のたっての頼みで保証人になりました。それと、あなたと久美ちゃんには内緒にしておいてくれと頼まれて……ただ、やはりふたりには話すべきではないかとわたしも悩んでいたところで……」

「何で父はアパートを？　この近くに何か父の興味をひくようなものでもあるんですか？」

今まで趣味らしい趣味などなかったのでとてもそうは思えなかったが、他にこんなところで生活する理由が思いつかない。

「北上尾の家に移るまで住んでいたアパートと外観や間取りが似ているそうなんです

よ」

「それがいったい……」

意味がわからない。

「昌輝くんには話しづらいことだけど……」永岡が言葉を濁す。

「何ですか、話してください」

「いや……先生は、自分はきっともう長くは生きられないから、あの頃のことを思い出しながら生活したいとおっしゃっていました」

「あの頃って、北上尾に移る前に住んでいた頃ってことですか？」

永岡が頷く。

「どうして……」

「それについてははっきりとおっしゃっていませんでした。ただ、あなたと久美さんとはたくさんの思い出があるけど、文子ちゃんとはたった一年間の思い出しかない……だからその思い出に少しでも浸りたくなったのではと、わたしはそう解釈しました」

たしかに自分が生まれる前の思い出に浸りたいと言われたらあまりいい気はしないだろう。それに、認知機能が著しく低くなった今の状態で新しい場所で生活することにも反対したにちがいない。

「ふたりに無断で勝手なことをしたのでわたしは責められてもしかたないけど、先生のことは許してあげてくれませんか」

「まあ、許すも許さないも……永岡さんに面倒なことをお願いしっぱなしで、こちらも申し訳ありません」

アパートにたどり着くと、永岡が鍵を取り出してドアを開ける。

玄関を上がってすぐに台所があり、見慣れた棚の上に母と文子の遺影と位牌が置かれ、母が好きだった白い花が飾ってある。

その奥に四畳半と六畳の和室が続いている。トイレと風呂も確認したが父はいない。

壁は安普請で隙間風が吹きそうだし、トイレは和式で、風呂の浴槽も狭い。北上尾の自宅に比べてとても住みやすそうには思えない。

昌輝が生まれたことがきっかけで北上尾の家を購入したと母から聞いたことがある。記憶にはまったく残っていないが、自分もほんの一時このようなアパートにいたのかと妙な感慨も抱く。

座卓の上に携帯が置きっぱなしにされている。それに手を伸ばそうとして、座卓に文字が書かれていることに気づく。その文字を目で追い、昌輝は首をひねった。

『起きたらすぐに引き出しの中を見ろ』

「どういうことだ……」

誰にともなく言ったが、永岡が近づいてきて座卓の文字を覗き込む。

「何でしょうね」

昌輝は台所に向かい、棚の引き出しを開けて中に入っている封筒を取り出した。封筒の表面に殴り書きされた文字を見てぎょっとする。

誰が君子と文子を死なせたのか忘れるな——

いったいどういう意味だ。

その下に印刷された『ホープ探偵事務所』という活字が目に留まり、さらに動揺する。

探偵事務所？

封筒の中に入っている書類を引っ張り出した。表紙に『調査報告書』と『作成者　木暮正人』と書かれている。

昌輝は書類をめくった。『調査対象者　籬翔太』と書かれた文字を見て、血の気が引いていく。

古びた二階建てのアパートの写真と、ドアから出ていく籬翔太の写真が載っている。

見覚えのあるアパートだと思って確認すると、このアパートの一〇二号室に住んでいるという。

何ということだ。

「どうしたんですか？」

永岡に訊かれ、昌輝は調査報告書と書かれた書類と封筒を渡した。それらを見た永岡も絶句している。

誰が君子と文子を死なせたのか忘れるな――

いったい父は何を考えているのだ。ここでいったい何をしようとしているのだ……。

「これからどうすればいいんでしょうね」

溜め息とともに昌輝はその言葉を吐いたが、向かいに座った永岡は無言のまま猪口《ちょこ》を口に運ぶだけだ。

近くに籬翔太が住んでいることに気づかないまま父をあの部屋に住まわせてしまった責任を感じているようで、飲み屋に入ってからほとんど言葉を発していない。

書類を見つけてからすぐに、ふたりで手分けして父を捜し回った。それでもけっきょく見つからずに交番に駆け込むと、少し前に警察署で保護されていることがわかった。

警察署に引き取りに行くと、ひさしぶりに会った父に「あんたは誰だ？」と言われ、昌輝は激しいショックを受けた。ようやく自分の息子だと思い出した父に、昌輝はどうして籬が住んでいるアパートにいるのかと問い詰めたが、「わたしはあそこにいなきゃいけないんだ」と言うばかりで納得のいく答えは得られなかった。

このまま北上尾の実家に戻るよう説得したが、まったく聞く耳を持ってくれず、「自分はあの部屋に戻らなきゃいけない！　早く帰してくれ！」と激しい口調で癇癪を起こし、しまいには手がつけられなくなった。それでも強引に北上尾の自宅に連れて帰り、アパートの鍵を取り上げた。

だが、そうしたところで、北本とそう離れていない北上尾に住んでいるかぎり、籬翔太への接触を図ることはできるだろう。

父がどんなに拒絶しようとも、このまま強引にでも名古屋に連れて行くべきではないか。

父はいったい何を考えているのか。これからいったいどうすればいいのか。いくら考えても答えは見つからず、溜め息しか出ない。

「思うんですが……」

その声に、猪口を口に運びかけていた手を止めて永岡を見た。

「先生は籬翔太をどうこうしようと思ってあのアパートに移ったのではないんじゃないでしょうか」

「じゃあ、どうしてあの部屋に移り住もうと思ったと？」昌輝は訊き返した。

「たとえば……籬翔太がどのような生活を送っているのか純粋に知りたかったとか」

「どうしてそんなことを？」

「自分にとって大切な人を死なせた人間が、その後まっとうに生きているかどうかを確かめたかったんじゃないでしょうか」

残りそう多くない時間をあんな男のために費やすなんて、自分の頭ではとうてい理解できない。

「先生とは四十年以上の付き合いになりますが、わたしが今までに接してきた誰よりも厳格な道徳観を持たれたかたです。たとえ大切な人を死なせた相手であったとしても、復讐《ふくしゅう》しようと考えるとはわたしにはとても思えません。それに封筒に書かれていたのは『誰が君子と文子を死なせたのか忘れるな』ですよね。籬に復讐するつもりであったなら『誰が君子を死なせたのか忘れるな』と書くのではないですか」

たしかに自分もあの言葉に引っかかっていた。

どうして文子の名前を記して、誰が死なせたのか忘れるなと書いたのか意味がわからない。

文子は誰かが死なせたのでも殺したのでもなく、病気で亡くなったのだ。

自分の知るかぎりでは、そうだ。それとも両親から聞かされていない何か他の事情でもあったのだろうか。

「父の記憶が曖昧になっているとは考えられませんか？　馣が母だけでなく、文子も一緒に死なせたと思い込んでいるとか」

「絶対にないとは言い切れませんが……いずれにしてもわたしは先生のことを信じたいです。先生なりに何かお考えがあってあの部屋に移り住むことにされたんでしょうけど、それは決して復讐のためではないと」

家族ではないからそんな楽観的に思えるのだと、口には出さないまでも目で訴えた。

馣翔太が同じアパートに住んでいることを知ったとき、法廷の証言台に立つ馣の母親のことが頭に浮かんだ。

もしかしたら自分も同じような立場に立たされるかもしれないと。

いや、自分の立場はともかくとしても、少なくとも母を失うまで父は素晴らしい人生を送ってきたと子供ながらに思う。教師としてまわりからの尊敬を集め、永岡をはじめ多くの人たちに慕われてきた。

だからこそ、晩節を汚すような真似だけは絶対にしてほしくない。そして残りの人生をできるかぎり心穏やかに過ごしてほしい。

それが息子としての切なる願いだ。

8

アパートに向かって歩いていると、ケーキ屋の看板が目に留まって翔太は立ち止まった。

綾香は今日も家で夕飯を用意してくれているという。

食事を作っても綾香が翔太の部屋で食べていくことはない。家でふたたび食事の用意をするのであればここで一緒に食べて行けばいいのにといつも思うが、それが綾香なりの線引きなのだろうと感じて黙っている。

友人として翔太が立ち直れるように支えたいが、恋人ではないという。

ただ、今こうやって生活に充実感があるのは綾香のおかげだ。一緒に食事をしようとはまだ言い出せないが、せめていつも料理を作ってくれているという名目でケーキでもごちそうしたい。

翔太は店に入り、綾香が好きそうなケーキをふたつ買った。店を出ると暗い道を進みながら、先ほど自分に見せた中井千鶴の顔をよみがえらせる。

この数日、翔太は率先して千鶴に話しかけてみた。最初の頃は『新入りでろくに仕事もできないくせに』と悪態をつかれていたが、それでも懲りずに話しかけているうちに彼女のことがいろいろとわかってきた。

千鶴は都内で息子夫婦と同居していたが、認知症が進んでしまったことで半年前にグループホームに入所した。入所してから息子夫婦が訪ねてきたのは二回だけ。しかも同居していた小学生の孫は一回も来ていないという。千鶴はその孫の写真を携帯の待ち受け画面にしていつも見ていた。

翔太はそれらのことを知って、千鶴がまわりの人たちから嫌われる言動をする理由は、きっと家族に会えない寂しさからくるものではないかと感じた。

一昨日、翔太は千鶴の息子に連絡して、子供と一緒に近々会いに来てくれないかと頼んだ。最初は子供に変わり果てた母親の姿を見せたくないと拒絶されたが、それでも粘って頼んでみると了承してくれた。そして今日、孫と一緒に会いに来てくれたのだ。

翔太から連絡をもらったと息子が話したようで、千鶴は自分の手を取って「ありがとう」と満面の笑みを浮かべながら礼を言ってくれた。

その笑顔に心が癒されて、思わず涙がこぼれそうになった。

ベルを鳴らすと、すぐにドアが開いて「おかえり」と綾香が出迎えた。

「ただいま」

靴を脱いで部屋に上がると、ケーキの箱を綾香に渡した。

「どうしたの？」

「今日はちょっといいことがあったし、いつも食事を作ってくれてるからそのお礼。もし何だったら家に帰ってから食べてもいいから」

そう言いながら台所に行って今日の料理を覗き込む。唐揚げとひじきの煮物だ。

「いいことって何？」興味を持ったように綾香が訊いてくる。

「後で話すよ。手、洗ってくる」

洗面所で手を洗っていると、ベルの音が聞こえた。

こんな時間に誰だろう。一〇四号室の山田だろうか。

翔太は洗面所を出て玄関に向かった。ドアスコープを覗き込みながら「はい、どちら様ですか」と問いかける。中年の男性が立っていた。

どこかで見覚えのあるような……

そう思っていると、外から「法輪です」と声が聞こえ、全身が凍りついた。

法輪——

そうだ、裁判のとき傍聴席から自分を睨みつけていた男性だ。

どうして、ここに……

「籬翔太さんのお宅ですよね。ちょっとお話ししたいことがあるんですが」

外からさらに重々しい声が聞こえ、思わず綾香のほうを向いた。彼女もその名前を聞いたようで顔を引きつらせながら翔太を見つめ返している。

ためらいながらドアを開けると、男性が玄関に入ってきた。ちらっと綾香を見て、すぐに翔太に視線を戻す。

「少し外で話せませんか？」

有無を言わせない口調で訊かれ、翔太は靴を履いて男性とともに外に出た。ドアを閉めて、男性についていく。

何の理由でここに来たのだろうか。そもそもどうして翔太がここに住んでいるのを知っているのか。

アパートから少し離れたところで男性が立ち止まり、こちらに向き直る。男性と目が合って、心臓を鷲づかみにされたような痛みが走る。

「突然、すみませんでした。わたしは法輪君子の長男の昌輝です」硬い表情を崩さないまま男性が言った。

「あ、あの……」それ以上言葉が出てこない。

「いきなり不躾《ぶしつけ》なことを言ってしまうけど、できるだけ早くこのアパートから出ていってもらえませんか」

意味がわからず、翔太は首をひねった。

「実は……」男性がそう言ってアパートのほうを見て、すぐにこちらに視線を戻す。「うちの父親がこのアパートの一〇四号室に住んでいたんだ」

その言葉に驚いて、一〇四号室のほうを見る。

山田──あの老人が法輪君子の夫……？

「三ヵ月半ほど前から住んでいたらしいけど、わたしも昨日までそれを知らなかった」

「どうして、ここに……」思わず言葉が漏れた。

こちらに鋭い視線を向けながら男性が首を横に振る。

「わたしにもわからない。どうしてあの部屋を借りたのかと問い詰めたけど、父は認知症でまともな答えは返ってこなかった。今は無理矢理自宅に連れ戻して、あの部屋の鍵もわたしが預かっているけど……君がこのアパートに住んでいるのは知っているから、いつ何時君の前に現れるかわからない」

どうしてあの老人はこのアパートに移ってきたのか。

すぐに思い浮かんだのは自分が妻を死なせたことへの復讐だ。そのために翔太の近くにやって来たが、認知症によって今までその思いを果たせないでいるのではないか。

蛍光灯を取り替えたときには認知症のように思えなかったが、父が死んだばかりだと聞いて、とりあえずその場では思い留まることにしたのかもしれない。

男性が上着の内ポケットから封筒を取り出して翔太に差し出す。

「何でしょうか？」翔太は訊いた。

「三十万入ってる。これで一日も早く他の部屋に移ってくれ」

差し出された封筒を見ながら受け取れずにいる。

「わたしも君に金を渡すことはしたくない。だけど……君のせいでまた大切な親を失いたくないから」

　君のせいでまた大切な親を失いたくない――

　その言葉の意味を噛み締める。父親が翔太に危害を加えて警察に逮捕される危惧を抱いているのだろう。

　翔太は封筒から男性に視線を移した。

「自分がこのお金を受け取るわけにはいきません。ただ、できるだけ早くあの部屋から出ていくようにします」

「わかった。そうしてくれ」

　封筒をポケットに戻すと翔太を一瞥《いちべつ》して男性が歩き出した。その姿が見えなくなるまで動けずにいたが、ようやく翔太も足を踏み出した。

　部屋のドアを開けると、不安そうにこちらを見つめる綾香と目が合った。

「さっきの男性は……」すぐに綾香が口を開く。

「被害者の長男……昌輝さんとおっしゃってた」翔太は答えながら靴を脱いで部屋に上がった。

「いったい何の話だったの」

「この部屋から出ていってくれって」

翔太を見つめ返しながら、綾香が首をひねる。

「一〇四号室の山田さんは……さっき訪ねてきた法輪さんのお父さんだ」

信じられないというように綾香が目を見開く。

「どうして……このアパートに……？」

「理由を問い質してもまともな答えは返ってこなかったそうだけど、おそらく奥さんの仇《あだ》を討つためだろう。おれのせいでまた大切な親を失いたくないから早く出ていってくれって、三十万円が入っているという封筒を渡されそうになった」

「それで……」

「もちろんお金を受け取るのはお断りしたさ。被害者のご遺族からおれが金を受け取れるはずがない。だけど、できるだけ早くこの部屋から出ていくと約束した。引っ越しの金が貯まるまでとりあえずネットカフェから仕事に行くよ」力なく言って翔太は奥の部屋に向かった。

9

北上尾の実家に戻ってダイニングに入ると、ひとりテーブルにいた久美がこちらを見た。

「親父は？」

昌輝が訊くと、「居間で寝てる」と久美が答える。

昨日、父があのアパートに住んでいることを知ってすぐに久美に連絡した。今日は籬に会いに行く他にいくつかやらなければならないことがあり、父をひとりにしておくのは不安だと朝から久美に実家に来てもらっていた。

「親父は……どうだった？」昌輝は久美の向かいに座りながら言った。

「駄目だった」久美がそう言って首を振る。「どうしてあの部屋に住もうとしたのかいくら訊いても話してくれない」

「そうか……」

もしかしたら久美であれば何かしら聞き出せるのではないかと期待したが。

「それに名古屋か仙台に行くことも強く拒絶して……兄さんのほうはどうだったの？」

「とりあえず籬はあの部屋を出ていくことを了承した。金は受け取らなかった」

「そう。当たり前よね」

籬に金を渡すことに久美は激しく反対していたが、他に方法がないと納得させた。

「これからどうしたらいいのかしら……」久美が頬杖をついて重い溜め息を漏らす。

「忠司さんをあっちに残して、しばらくわたしがこっちに来るしかないのかしら」

「仕事はどうするんだ。せっかくやりたかった仕事に就けたんだろう」

久美は仙台に行ってから伝統工芸であるこけしに関心を持ったらしく、今ではそれを作る工房で働いている。雇ってもらえるまでかなり苦労したようで、採用されたときには大喜びしていたので、そうしてもらうのは気が引ける。

「だって、他に方法がないじゃない。しばらくしたら向こうに帰れ……」そこまで言ったところで、あっと久美が口を閉ざした。「ごめんなさい」と決まりが悪そうに詫びる。

「いいさ」

久美が父の死を望んでいるわけではないのはじゅうぶんわかっている。

もう自分たちの知っている父ではない。病だからしかたがないが、自分の子供のことさえ忘れていき、人に危害を加えようとするのを止めようもないなら、自分も同じようなことを考えそうになってしまう。

「あと少しだけ様子を見てみよう。今日、籬に会いに行く前に、近くの介護施設を訪ねて訪問ヘルパーを頼んだんだ。毎日午後一時に来てもらえる」

「それだけで大丈夫かしら？」久美が心配そうに言う。

「明後日には大切な会議があるから名古屋に戻らなきゃならないけど、明日電気屋に行ってカメラを買おうと思う」

「カメラ？」

「携帯から観られるやつがあるだろう。親父にわからないように居間とダイニングに仕掛けようと思う。四六時中監視することはできないだろうけど……」

「そうね……それでしばらく様子を見るしかないわね。わたしも時間のあるときにチェックする」

父親のプライバシーを侵害しかねないことに同意してくれるか不安だったが、それもしかたがないというように久美が頷いた。

「これからも末永くよろしくお願いいたします」

取引相手に挨拶して昌輝は会社を後にした。会社が入ったビルから出ると、大崎《おおさき》駅に向かう。

腕時計を見ると、まだ五時前だ。今日はこのまま直帰できるので、七時過ぎには自宅に着けそうだ。

着信があってポケットから携帯を取り出した。画面に映し出された『久美』の名前を見て気を滅入らせる。

たしかに北上尾の家にカメラをつけようと言ったのは自分だが、それからこの一週間ほど頻繁に連絡を入れられて少々うんざりしている。

仏壇のろうそくをつけっぱなしにしているようで危ないだの、テーブルに何日も前に用意した食べ物を置いたままで食べたら大変だのと、いろいろだ。

「はい……どうした？」昌輝は電話に出た。

「さっきからずっとLINEしてたのよ」

怒鳴るように久美に言われる。

「今まで得意先と取引してたんだ。見られるわけないだろう」

「大変なのよ！」

その言葉に、身がすくんで足を止める。

「いったいどうした」

「さっきまで実家の映像を観てたのよ。居間のほうだけど。そしたらお父さんが鞄からナイフのようなものを取り出して……」

「ナイフ？」

「鍔《つば》のようなものが見えたからナイフだと思う。取り出したそれをじっと見ながら仏壇の前にしばらく座ってた。二時間ぐらい前のことだけど、そのあと居間からいなくなって、それ以降ダイニングにも居間にもお父さんの姿が確認できないの。だから……」

「携帯に電話してみたか？」

「したけど出ない」

「わかった。今東京にいるからおれが様子を見に行く」

昌輝はそう言って電話を切った。GPSの地図を表示させる。

矢印が速い速度で移動している。どうやら電車に乗っているようで、大宮方面に進んでいた。

10

入所者とトランプ遊びをしていると同僚の荒木《あらき》がやってきた。そろそろ上がりの時間だと告げられる。切りのいいところまでトランプで遊び、翔太は入所者やスタッフに挨拶して更衣室に向かった。

部屋に入ると右手で肩を揉んだ。重労働に加えて慣れない生活でからだが悲鳴を上げている。

アパートを出てネットカフェで寝泊まりするようになって五日が経つ。足を伸ばしてゆっくりと寝られないばかりではなく、狭い個室での生活に拘置されていたときの記憶がよみがえってきて激しい動悸に襲われる。

一日も早くこんな生活から抜け出したいが、なにぶん先立つものがないので新しい部屋を探すことができずにいる。少なくとも半年ぐらい経たなければ引っ越し費用を捻出するのは難しいだろう。

更衣室で着替えを済ませて玄関に向かう。靴を履き替えて外に出ると駅に向かって歩いた。

ふと、歩道の端に佇んでいる杖をついた老人が目に入った。首から携帯をぶら下げた法輪だとわかり、愕然《がくぜん》とする。

どうしてこんなところにいるのだ。

翔太と目が合うと、法輪は肩にかけていた鞄から風呂敷包みを取り出した。包んでいた物を手にして何やらぶつぶつと呟いている。

手に持っているのがナイフだとわかり、からだが硬直する。

ナイフとは反対の手に持った杖をついて法輪がこちらに近づいてくるが、恐怖で足が動かない。翔太の名前を連呼しながらすぐ目の前まで向かってくる。

「親父！　何してるんだ！」

叫び声が聞こえると同時に、法輪の顔が自分から離れた。後ろから誰かが法輪を羽《は》交《が》い締《じ》めにして翔太から引き離そうとする。

息子の昌輝だ。

「親父、やめろ。行くぞ！」

そう言いながら昌輝が反対方向に連れて行こうとするが、「誰だ、おまえは！　離せ！　わたしはこの男に……」と叫びながら必死の形相で法輪がこちらに向かって来ようとする。昌輝がさらに強く後ろから引っ張り、法輪が手に持っていたナイフを落とした。

昌輝がちらっとそれを一瞥したが、拾い上げる余裕もないようで父親を少しずつ後退させていく。自分から少し間隔が開いたところで、それまで激しく抵抗していた法輪の動きが止まった。力を使い果たしたというように膝を落としそうになる法輪を昌輝が支える。

「すまない。二度と会いに来させないから、今回のことはどうか穏便に済ませてくれないか」

昌輝はそう言って小さく頭を下げると、抜け殻になったような父親を支えながらこちらに背を向けて歩いていく。

激しい動悸を感じながら遠ざかっていくふたりの背中を見つめる。

からだに振動を感じて翔太は目を開けた。

ズボンのポケットから携帯を取り出して画面に目を向ける。『グループホームけやき』からの着信だ。出勤時間を過ぎてもやってこないので連絡してきたのだろう。

電話に出ないまま見つめていると、やがて手の中で振動が止まった。

自分なりに頑張って勤めていたが、もうあそこで働くわけにはいかないだろう。

二度と会いに来させないと昌輝は言っていたが、そんな保証はどこにもない。

翔太は携帯を台に置き、鞄からタオルで包んだものを取り出して膝の上に置いた。

タオルを解いてあらためて法輪が落としていった鍔のついた細長いナイフを見る。

全体的に錆びついていて刃も途中で折れている。長さは柄も入れて二十センチといったところだろうか。刃先は欠けていて切れ味も悪そうだが、それでもこれで突かれたら大変なことになっていただろう。

こんな物騒なものを持っているのはおぞましいが、法輪がまた自分に近づいてきたら警察に相談するときの証拠にするために拾ってきた。自分の手に触れないようタオルで包んだから法輪の指紋が残っているはずだ。

それにしても——

老体に鞭打《むちう》つようにあの古いアパートで生活を始め、昨日は自分の職場近くにずっと佇み、翔太が出てくるのを待っていたのだろう。尋常ではない執念を感じて恐ろしくなる。

きっと翔太に対して相当強い憎しみを抱いているのだろう。

そもそも法輪は本当に認知障害を抱えているのだろうか。もしかしたらこれから犯すであろう自分の罪を軽くするためにそう装っているのでないかと今では勘ぐっている。

昨日の夜、電話で法輪と遭遇したときの話をすると、綾香も信じられないというように絶句していた。会って話そうと綾香に言われたが断った。

あのアパートや職場の場所を知っているということは、綾香の部屋も知られているかもしれない。そこから自分の居場所を突き止められないともかぎらない。

これ以上、時間を無駄にするようなことをしちゃいけないよ——

ふいに、その言葉が脳裏によみがえってくる。

いつだったか、被害者の遺族に会ったかと翔太が訊いたときに前園が言っていた言葉だ。

翔太は二十代という貴重な時期に五年近くも刑務所に入ることになり、割に合わないほどの償いをしているとも言っていた。

そこから何とか立ち直ろうとして、せっかく更生への道を歩み始めたというのに、どうしてこんな形で絶たれなければならない。どうして自分だけがこんなに追い詰められなければならないんだ。

同じように人を死なせた前園は自分の罪を悔い改めることなく、飄々《ひょうひょう》と生きているではないか。

前園のことを思い出しているうちに、以前にも巡らせたことのある思考に導かれていく。

あちら側に行けばもっと楽になれるのではないだろうか。

自分が犯した罪を反省することのない、そんな人間たちに囲まれて生活するほうが、ずっと生きやすいのかもしれない。

11

「留守番電話サービスに接続します。発信音の後にメッセージを残してください……」

機械音を聞きながら、綾香はメッセージを残すべきかどうか迷った。できればメッセージを残すのではなく直接話をしたいが、時間を変えながら何度となくかけても留守電になる。

発信音が聞こえ、綾香は口を開いた。

「あの……コーポ住吉で何度かお会いしたことのある栗山です。法輪さんと一度お会いしてお話しさせていただきたいことがあります。このメッセージをお聞きになりましたらご連絡いただけないでしょうか。よろしくお願いいたします……」

電話を切ると、携帯をバッグにしまい桶川駅に向かった。

一週間前に翔太から連絡があった。仕事を終えて職場を出た翔太にナイフを持った法輪が近づいてきたという信じられない内容だった。

法輪の息子の昌輝が止めに入り、危害を加えられることはなかったというが、翔太の声は激しく動揺しているようだった。

とりあえず会って話そうと言ったが、翔太に断られた。それから三日後に来たメールで、グループホームの仕事を辞めたとあった。せっかくあれほど頑張って得た仕事だったのにと、メールを見ながら無念な思いがこみ上げてきた。

法輪はどうして翔太の近くにやってきたのだろう。どうして翔太に付きまとうのだろう。

ナイフを持っていたというが、本当に妻の仇を討とうとしていたのか。

大切な人を死なせた人間を憎む気持ちは理解できる。もし、拓海や自分の親しい人たちが誰かに殺されたら、綾香もその相手に憎しみの気持ちを持つだろう。

飲酒運転をしていたのはじゅうぶんに責められるべきことだと思うが、それでも翔太は故意で法輪の妻を死なせたのではない。

それに表立って口にはしないが、翔太はあの事故を起こしたことを激しく悔いていて、被害者やその遺族に心の中で詫び続けているのではないかと自分は思う。特に大切だった父親を亡くしてからはさらにその思いが強くなったのではないかと。翔太が介護施設の職を求めたのは、自分が死なせてしまった法輪君子のような高齢者の役に少しでも立つことができれば贖罪《しょくざい》になるのではないかと思ったからではないだろうか。

今は自分もあのときの行いを激しく悔いている。それまでは自分の罪から目をそらして生きてきた。だけど、一〇四号室にあった遺影の女性が法輪君子だと知ってからは、心の中で詫び続けている。

翔太の気持ちを試すためにあんなメールを送らなければ、法輪は今もきっと愛する妻と一緒にいられたのだろうと想像すると、胸が張り裂けそうになる。

翔太がグループホームで働き始めてから、拓海の寝顔を見るにつけて、もしかしたら三人で家族になれる日が来るのではないかと夢想した。

でも、自分の罪を突きつけられた今となっては、それは甘い考えだと思わされる。

もし今後、拓海のことを翔太に話すとすれば、それは彼が更生への道を歩んでいると確信できたときしかない。それは定職に就くかどうかではなく、自分が犯した罪にきちんと向き合っているかどうかだと思う。そうなれるために自分も一緒に罪に向き合わなければならない。

そしていつかは法輪君子の遺族から自分も翔太も赦してもらいたい。どうしたら赦してもらえるのかが知りたい。そう思って法輪の携帯に電話をかけ続けていた。

もし法輪と会って話すことができたら、あの事故を起こしたのは自分にも原因があると伝えたうえで、自分と翔太を赦してほしいと頭を下げよう。

保育園にたどり着き、保育士に拓海を呼んでもらうと泣きながらやってきた。

「どうしたの?」

綾香は問いかけたが、拓海は手で涙を拭いながら何も言わない。拓海を連れてきてくれた保育士に目を向けると、困ったような顔をした。

「何かあったんですか?」綾香は保育士に訊いた。

「いや……特に何かあったというわけではないんですが……みつひろくんがこの前家族旅行をした話をしていて、そしたら他の園児たちも次々にそういう話をしだして……」

それでいったいどうして拓海が泣くのだ。

「おそらくお父さんのことで……じゃないでしょうか」

その言葉にはっとして拓海に視線を戻す。

「……どうしてうちにはパパがいないの? ぼくもパパと遊びたいよ……」

「ごめんね……拓海、ごめんね……」綾香はそう言いながら強く拓海を抱きしめるしかなかった。

12

ランチサービスのコーヒーが運ばれてきて、昌輝はカップに口をつけた。

「ところで部長、その後どうですか？」向かいに座った安西《あんざい》が興味深そうに身を乗り出して訊いてくる。

父のことを言っているようだ。先日、認知症の父を名古屋に連れてきたと話していた。安西の父親もかなり高齢なのに故郷でひとり暮らしをしていると言っていたので気になるのだろう。

「妻には負担をかけて申し訳ないけど、おれのほうは安心してるよ。おかげでこの一週間、仕事に打ち込めてるし」

「でも、よくこちらに来ることに納得しましたね。うちもいろいろと心配だから、実家に帰るたびに説得してるんですけど、なかなか……」安西が苦笑しながら首を横に振る。

「簡単じゃなかったけどな」

籬との騒動があった後、昌輝はそのまま強引に父を名古屋に連れて行った。最初のうちは人目も憚らずに激しく抵抗されてずいぶん参ったが、そのうち気力と体力が尽きたのか新幹線に乗る前にはおとなしくなった。

時計を見るともうすぐ二時になる。遅めにとった昼休みが終わる時間だ。安西を促して コーヒーを飲み干すと伝票をつかんで立ち上がった。

店を出てエレベーターホールに向かっていると、ポケットの中が震えた。携帯を取り出すと千尋からの着信だ。

「悪い。先に戻っててくれ」

安西に断りを入れて電話に出る。

「あなた、どうしよう！」

いきなり切迫した声が聞こえる。

「どうしたんだ」

「お父さんがいないの」

「いない？」

「お昼ご飯を食べた後にちょっと買い物に行ってきたんだけど、家に帰ってきたらお父さんがどこにもいなくて……」

「ちょっと散歩に……」

「箪笥《たんす》の引き出しが開けられてて、用意していたご祝儀袋がなくなってたの」

来週、千尋とともに懇意にしている知り合いの結婚式があり用意してもらっていた。たしか五万円包むように言ったはずだ。

「携帯は？」

「部屋に置いたまま」

思わず舌打ちしそうになった。

「何時ぐらいに買い物に出かけたんだ？」

「十二時四十分ぐらいだった。二十分ほど前に戻ってきて……」

「わかった。とりあえず家に帰る」

千尋からの電話を切ると、昌輝は急いでエレベーターホールに向かった。エレベーターに乗り込んで会社がある十六階のボタンを押す。

会社に入ると営業部のフロアに行き、安西のデスクに向かう。

「申し訳ないんだけど、代わりにこの後の営業会議を仕切ってもらえないだろうか」

「どうしたんですか？」安西が問いかけてくる。

「家から電話があって、父がちょっと……」

安西がすぐに納得したように「わかりました」と頷く。

「すまない」

昌輝はそう言い残して自分のデスクに向かった。手早く帰り支度して同僚に挨拶しながら退社する。ビルの外に出ると電車を乗り継いで帰るのもわずらわしくタクシーを拾った。

家から金を持ち出して父はどこに行ったのか。

まさか……

タクシーが停まると、支払いを済ませて昌輝は車を降りた。すぐに家に駆け込む。

「あなた……ごめんなさい」

そう言って出迎えた千尋に頷きかけ、昌輝は父の部屋にしている一階の和室に向かった。

千尋が言っていた通りに紐つきの父の携帯が座卓の上に放られている。何か手掛かりはないかと着信履歴を見る。

今日の午後一時七分に『木暮正人』という人物から着信が入っている。

「買い物に出ていたのは十二時四十分頃から一時間ぐらいだって言ってたよな?」

昌輝が確認すると、千尋が頷いた。

この人物からの電話が何か関係あるのだろうか。そもそもこの人物は父とどういう関係なのだ。

携帯画面を見つめながら、どこかで見覚えのある名前だと思った。どこで見たのだろうと記憶をたどり、昌輝は携帯を持ったまま部屋を出た。階段を上って二階の自室に向かう。机の引き出しにしまっていた封筒を取り出し、中に入っている書類に目を走らせる。

やはりそうだ。籬の調査報告書の作成者の名前が『木暮正人』だ。

昌輝は木暮に電話をかけた。数コール後に電話がつながり「はい、どうしました？」と男の声が聞こえる。

「ホープ探偵事務所の木暮さんでしょうか」

昌輝が言ってしばらく沈黙があった。

「あなたは？」

ようやく探るような声が聞こえた。

「法輪二三久の息子です」

「法輪さん……はて？」

「とぼけないでください。今日の一時過ぎに、父に電話をされたでしょう」

「そうでしたかねえ……」

人を食ったような言いかたに苛立ちを募らせる。

「あなたが電話をかけた前後に父が家から出ていって行方不明なんですよ。父とどんな話をされたんですか」

相手は何も言わない。

「父が行く場所に心当たりはありませんか」

皭がいる場所である可能性が高そうだが、そこがどこか自分にはわからない。

「大変申し訳ないんですが、わたしどもの仕事には一応守秘義務というのがございまして」

「あなたは皭が母を殺したのを知っていながら、父にその居場所を教えていたんですよ。もし何かあったら責任が取れるんですか!」

「取れませんね。わたくしどもは依頼人様のご要望にお応えするだけですから。忙しいのでお切りしますね」

「ちょっと……」

呼び止めたが電話を切られ、思わず携帯を投げつけそうになる。

何とかその衝動をこらえ、これからどうするべきか考える。

皭に父がいなくなったことを報せて注意を促したほうがいいだろうが、彼の連絡先など知らない。

籬を担当した弁護士であれば連絡先を知っているだろうか。いや、そもそも弁護士の名前を覚えていない。

「わたしもさっきお義父さんの携帯を見たけど、この数日女性から頻繁に着信があった」

千尋の声が聞こえ、昌輝は振り返った。

「女性？」

頷いた千尋を見て、着信履歴をふたたび呼び出す。

たしかに『栗山綾香』という人物から何件かの着信が入っている。この名前にも見覚えがあると、昌輝は出したままの書類に目を通した。

記憶していた通り、栗山綾香の名前も調査報告書の中にあった。籬の部屋を度々訪ねていた女性で、桶川にある病院で管理栄養士として働いていると書いてある。鴻巣にあるアパートに住んでいて四歳の子供がいるという。

調査報告書に載せられている写真を見ながら、籬の部屋を訪ねたときにいた女性だと思い出した。どうしてその女性が父の携帯に登録されているのだ。

どうにもわからなかったが、あれこれ考えている余裕はない。とりあえず話をしようと発信ボタンを押した。

「もしもし、法輪さんですか！」

すぐに弾けたような女性の声が聞こえ、昌輝は戸惑った。

「ご連絡してくださってありがとうございます」

「あ……いや……わたしはこの携帯を持っていた者の息子なんですが……」

耳もとに息を呑む音が聞こえた。

「栗山綾香さんでしょうか」

一応問いかけると、先ほどとは違う低いトーンで「はい」と答える。

「籬翔太さんをご存じでしょうか」

「ええ……」

「彼に伝えてほしいことがあってご連絡しました。申し訳ないんですが、彼の連絡先を知らないので」

「どんなことでしょうか」

「わたしの父はあれから名古屋に移ったんですが、今日の昼過ぎから行方がわからなくなっていて。家からそれなりの額のお金を持ち出して」

相手が驚きの声を発する。

「彼にそう伝えてもらえればわかってもらえると思うので」

籬が彼女に対してどこまで自分のことを伝えているのかわからない。自分の口から父が籬に殺された被害者の夫だと知らせるのは気が引ける。

「わかりました……法輪さんが見つかりましたらお知らせいただけますか？」

「ええ、そうします。では――」

電話を切った後、父との関係を彼女に訊き忘れたと気づいた。

13

棚を眺めながら弁当を選んでいると、ポケットの中で携帯が震えた。振動し続けているからメールではなく電話だ。取り出して携帯画面を見ると綾香からだった。

翔太はカゴを置くとコンビニから出ながら携帯を耳に当てた。

「わたしだけど……」

緊張したような綾香の声が聞こえる。

「どうした？」

「さっき、わたしの携帯に法輪さんの息子さんから電話があって……」

昌輝のことだろうが、どうして綾香の携帯に連絡がいったのだろう。

「以前、法輪さんの携帯と番号を交換したことがあって、おそらくわたしからの着信履歴を見てだと思う」

「綾香からの着信履歴って？」

「翔太の職場の近くで待ち伏せしてたっていう話を聞いて、法輪さんとお話ししたいと思ったから。けっきょくまだできてないけど」

「それで？」翔太は先を促した。

「法輪さんが今日の昼過ぎから行方がわからないんだって」

胃のあたりに鈍い痛みが走った。

「例の出来事があってから名古屋に移ってたみたい。でも、家からそれなりの額のお金を持ち出してるそうだから……」

自分の近くに来る可能性があるというわけか。

「ねえ？」

問いかけるように言われ、「ん？」と翔太は訊き返した。

「法輪さんが見つかって息子さんのところに戻ったら、一緒に会いに行かない？」

「どうして……」

「謝罪に決まってるじゃない。法輪さんがどうして翔太に付きまとうのか本当の理由はわからない。でも、誠心誠意心から謝れば……」

「おれはいいよ」

投げやりに言うと、すぐに耳もとに「え？」と乾いた声が響く。

「たしかにおれはあの人の奥さんを死なせたよ。でも、二十代という貴重な時期の五年間を犠牲にして、さらにこんなに追い詰められてる。もうじゅうぶんだろう」

「本当にそう思ってるの？」

「そう思わなきゃやってられないよ。もう切るぞ」翔太はそう言って電話を切った。

急速に食欲が失《う》せてしまい、コンビニには戻らずにそのまま歩き出した。

ネットカフェに入って受付を済ませると、ドリンクバーには寄らずにまっすぐ個室に向かった。薄っぺらいドアを開けて個室に入り、鞄を投げ出してフラットシートに横になる。

どこか遠くに逃げ出したいが、金がないのでここ以外の居場所はない。家財道具を保管するところがないのでアパートは借りたままだ。ネットカフェの料金と家賃を二重に払うことになり、どんなに節制しても手持ちの金はあと一ヵ月ほどで尽きるだろう。このままではこんな場所すら追い出されてしまう。

ズボンのポケットから携帯を取り出してアドレス帳を開く。

前園に連絡してみようか。いつだったか、連絡すれば仕事を紹介してくれると言っていた。

堅気の仕事とは思えないが、それもしかたがない。ふたたび逮捕されて刑務所に入ることになってもいい。殺されるよりはマシだ。

少し迷ってから前園の携帯に電話した。数コール目で電話がつながる。

「籬くん？　どうしたの？」

前園の声が聞こえた。

「いや……特に用というわけではないんですけど、どうしてらっしゃるかなと思って」

「今どこにいるの？」

「大宮のネットカフェです」

「ダチと飲んでるんだけど、ちょっと出てこない？」

前園が指定した店は川口《かわぐち》駅の近くにある和食店だった。店の前に張り出されているメニューを見てみたが、以前一緒に飲んだところと違ってかなりの高級店だ。

少しためらいながら暖簾《のれん》をくぐると、着物を着た若い女性が出迎えた。

「前園さんで予約が入っていると思うんですけど」

「お待ちしておりました。こちらにどうぞ」

女性に続いて奥に進んでいく。笑い声が聞こえてくる前で立ち止まり、「お連れ様がお見えになられました」と言って女性が襖を開く。

中は個室になっていて、前園の他にふたりの若い男女がテーブルで向き合っていた。

「おお、籬くん、待ってたよ」

明るい口調で手招きされて、翔太は挨拶しながら個室に入った。空いていた前園の向かいの席に座る。前園の隣には派手な柄のワンピースを着た女性がいた。前園も高級そうなスーツを着ている。テーブルにはすでに食事が並べられていて、前園が翔太の前にあるコップに瓶ビールを注ぎながら紹介する。

「こっちはおれの彼女でレナ。そっちは同じ仕事をしてる河合《かわい》。ちょうど籬くんの話をしてたところだよ」

「お仕事って……以前、お話しされていた？」

実働は六時間ほどで日給三万円のセールス。

「そう。でも、おれはちょっと出世して今は部長のポスト。籬くん、たしか川越に入ってたって言ってたよね？」

翔太は頷いた。

「河合も川越に二年半入ってたんだよ。元暴走族で、抗争相手のヘッドを殴り殺してさ」

「やめてくださいよお。昔の話ですよ」河合が笑いながら言う。

「そうだよな。今じゃうちの稼ぎ頭だもんな。こっちのレナも脛《すね》に傷のあるオンナ。籬くんはまだあの仕事やってるの？」

「いえ……今は求職中です」

「大変だねえ。さっき、ネットカフェにいるって言ってたけど、もしかしてそこで寝泊まりしてるとか？」

「ちょっと事情があって……」

「事情？」興味深そうに前園が身を乗り出してくる。

話すべきかどうか迷ったが、誰かに今の苦境を聞いてもらいたいという気持ちが勝った。

翔太はネットカフェで生活するに至った理由をかいつまんで話した。

「そりゃあ大変だな。じゃあ、そのジジイが死なないかぎり枕を高くして寝られないわけだ」

苦境を聞いてもらいたいとは思ったが、そんな言葉がほしかったわけではなく戸惑う。

「なあ、うちで働かないか？　十日ほど働いたらマンションを借りられるよ。何ならおれが保証人になってやってもいい」

前園の言葉に心がぐらついた。

毎晩、激しい息苦しさに襲われて、ネットカフェで寝泊まりするのも限界を感じている。

「いいっすね。同じ出身だったら話も合いそうだし。それに新しいビジネスチャンスも転がり込んできますよ」

そう言った河合に「何だよ、新しいビジネスチャンスって」と前園が訊く。

「復讐代行業を装ってそのジジイに電話をかけたら、がっぽりと金を引き出せるかもしれないっすよ」

「そいつはいいや」

その会話を聞いてぎょっとする。

翔太の怯える顔がおもしろかったのか、前園がぷっと吹き出して口を開く。

「本当に復讐するわけないだろう。おまえへの慰謝料代わりだよ」

「うちらの被害者の家族にも通用しそうね」

レナがおかしそうに言うと、「そうだな」と前園が返して三人でげらげら笑う。周囲の笑い声に包まれながら、翔太も愛想笑いをしてビールに口をつけた。

14

拓海の手を引きながらスーパーに入ると、綾香はカゴを取って店内を巡った。

「拓海、今夜何食べたい？」

綾香が訊くと、しばらく考えて「チョコレート」と拓海が答える。

「ちがうちがう、ごはん。拓海が一番好きなごはんはなーんだ」

「カレー。ママのカレーおいしいから」

拓海の笑顔を見ながら、ふと翔太のことを思った。翔太も自分が作ったカレーは抜群にうまいと褒めてくれた。

少し微笑ましくなったのも束の間、すぐに最後の会話を思い出して寂しくなる。

「そうかー、じゃあ、今夜はカレーにしようね」

それに春雨サラダを添えようと、食材をカゴに入れてレジに行った。会計を済ませて店を出ると、拓海と好きなアニメソングを口ずさみながら薄暗い夜の道を進む。

アパートにたどり着き、拓海の手を引きながら階段を上る。二階の踊り場に着いた綾香はドアの横に目を留めてどきっとした。大きな麻袋のようなものが置いてある。

いったい誰がこんなものを放置していったのかと怪訝に思った次の瞬間、ごそごそとそれが動き出して思わず拓海を自分の後方に誘う。

よく見ると人だ。黒っぽいコートを着た人がこちらに背中を向けてうずくまっている。

「あの……この部屋に何かご用ですか」

警戒しながら声をかけるが、相手は何も答えない。だが、がたがたとからだを激しく震わせている。

異変を感じて拓海の手を放し、ゆっくりと近づいていく。鼻腔に漂ってくるすえた臭いを我慢しながら肩を揺すり、「大丈夫ですか？」と問いかけてみる。

コートから出た薄い白髪を見て既視感を抱く。

「まがき……しょうた……どこだ……どこにいる……」

震えるような呟きが聞こえ、綾香は両手を添えて顔をこちらに向けさせる。

法輪だ——

ぜえぜえと荒い息を吐きながら虚《うつ》ろな眼差しでこちらを見る。

綾香はすぐに法輪の額に手を添えた。熱い。

自動ドアが開いて男性が駆け込んできたのを見て、綾香はベンチから立ち上がった。

翔太の部屋にやってきた法輪の息子だ。

綾香は拓海の手を引いて、受付の職員に何かを訊ねている男性に近づいた。

「法輪さんのご家族のかたでしょうか」と問いかけると、男性がこちらに顔を向け、

「栗山さんですか?」と訊く。

綾香が頷くと、「長男の昌輝です。ご連絡いただいてありがとうございます」と頭を下げる。

救急車を呼んで法輪を病院に搬送した後、登録してあった法輪の携帯に連絡した。

「父の具合はどうなんでしょうか?」昌輝が切迫した顔で訊く。

「インフルエンザだそうです。さっき処置を終えて今は三〇二号室で休まれていま

す」

「そうですか……」

昌輝が呟いて、こちらから拓海のほうに視線を移した。

「息子の拓海です」

「夜遅くまで付き合わせてしまって申し訳ありませんでした」

「いえ」

「あの……」そこで昌輝が口を閉ざした。

「何でしょうか？」

「いや……栗山さんは父とどのようなご関係なんでしょうか」

どう答えていいか迷った。

「たまに知人の部屋で作った料理を法輪さんにお持ちしていました。ひとり暮らしで寂しそうにされていたので、何かあったら連絡してくださいと携帯番号を交換したんです」

「そうだったんですか……あの……」

目で問いかけると、「いえ、何でもないです」と昌輝が片手を振った。

おそらく法輪と翔太がどういう関係かを知っているか訊きたかったのだろう。

「こちらでけっこうですので、どうぞ病室に行ってあげてください」

綾香が言うと、昌輝が頭を下げてエレベーターホールに向かった。

15

「もしもし……わたくし、板橋《いたばし》警察署生活安全課のヤマモトと申します。タナカキヨヒコさんのご自宅で間違いありませんか」

前園が言って、向かいに座ったレナに視線を向ける。

「け、警察って……主人に何かあったんですか?」芝居がかった調子でレナが言う。

「今朝、電車の中で痴漢行為を働いた容疑で現在取り調べ中です。今、逮捕状を請求するかどうか検討中なんですが。近くに当番弁護士のかたが来ているんで代わりますね」

前園に目配せされ、翔太は目の前に置いた紙に目を向けて口を開く。

「あ……わたくし、東西法律事務所で弁護士をしておりますハシモトと申します。警察に勾留中のタナカキヨヒコさんから日本弁護士連合会に連絡がありまして、当番弁護士として担当させていただくことになりました。先ほど被害者のかたとお話しさせていただいたのですが、先方はあまり表沙汰にしたくないので示談にしてもいいとおっしゃっていますが、いかがなさいますか。今すぐ示談が成立すればご主人は逮捕されなくて済みます。会社のほうに知られるとかなりマズいことになるとおっしゃっていて、ご主人も示談に応じたいと……」

「示談って……おいくらぐらい払えばいいんですか」レナが言う。

「被害者は八十万円を提示しています」

「八十万！　高くないですか？」

「一般的な相場は百五十万円から二百万円です。ご主人、明日は大切な取引があるということでこのまま勾留されるわけにはいかないとおっしゃっていましたが……」

「ストップ！」

その声に、翔太は前園に目を向けた。

「なかなかよくなってきたじゃない。最初の頃よりもすらすら言葉が出るようになってきたな」前園がそう言って笑みを浮かべる。

それもそうだろう。正午にここに来てから六時間何十回も同じような原稿を読まされている。

「じゃあ、今日はこれぐらいにしとこうか」

前園が立ち上がって部屋から出る。レナに促されるように翔太も鞄を持って立ち上がり前園の後に続く。外にはさらに三十畳ほどの大きなスペースがあり、パーテーションで三つに区切られ、それぞれ中で電話をかけているようで話し声が漏れ聞こえてくる。

壁に掛けた時計が六時を示し、測ったようにパーテーションからぞろぞろと人が出てくる。河合も含めて九人全員が男だが、年齢は十代に思える者から四、五十代ぐらいまでばらばらだ。

「今日もお疲れ様。さっきまで研修を受けてもらってたんだけど、明日から新しい仲間が入るから紹介しておく。籬翔太くんだ。みんな、よろしく頼む」

翔太が会釈すると、その場にいた男たちが素っ気ない挨拶を返してくる。

前園が壁際に置いてある金庫を開け、中から取り出した封筒の束をひとりひとり手渡していく。受け取った男たちの笑顔を見て、なぜだかわからないが嫌悪感がこみ上げてくる。

彼らだけではなく、この前一緒に飲んだ前園や河合やレナの笑いにも同様の思いを抱いたが、自分をごまかしていた。

前園が目の前にやってきた。

「おつかれさん。本来なら研修期間中は給与を出さないんだけど、困ってそうだから特別にってことで。明日から頑張ってくれ」

そう言って前園が封筒を差し出してきたが、受け取れずにいる。

「どうした？」

「申し訳ないんですけど、僕は、やっぱり……」

「この仕事から抜けたい？」

翔太はおずおずと頷いた。

「しょうがねえなあ」

前園が笑いながら翔太の肩をぽんぽんと叩く。次の瞬間、みぞおちのあたりに激しい痛みが走り、膝から崩れた。何が起こったのか一瞬わからず顔を上げると、視界に前園の靴が飛んでくる。衝撃とともに目の前が真っ暗になった。頬にリノリウムのひんやりとした感触が伝う。

「やめんのはてめえの勝手だけど、おれらのことチクったら死ぬよりも苦しい思いを味わわせてやるからな」

前園の声は遠ざかっていくが、複数の足音が近づいてくるのがわかる。

次の瞬間、横っ腹をえぐるような激痛が襲った。とっさにうつ伏せになり丸まるが、背中や太腿や頭を守った手に容赦ない痛みが突き刺さる。

このままでは殺されるかもしれない。何とかして逃げなければ。

翔太は頭部に添えていた左手を放し、腹の下にある鞄に伸ばした。チャックを開けて鞄の中を探る。硬い感触があり、ナイフの柄をつかむ。

だめだ――

これを使ったら最後だ。

止まらない痛みに苛《さいな》まれながら、父や、母や、姉の顔を暗い視界の中で必死によみがえらせた。

16

三階でエレベーターを降り、昌輝はナースステーションに向かった。

「三〇二号室の法輪ですが、面会をお願いします」

ナースステーションに寄って看護師に伝えてから面会するよう言われている。

「あ、法輪さん、先生から病状の説明がありますので、ちょっと来ていただけますか」

「わかりました」

ナースステーションから出てきた看護師に案内されて診察室に入った。担当医師の清水《しみず》の近くに座る。

「法輪さんの状態についてなんですが……」

一週間前に会ったときに比べて深刻そうな清水の顔に、気が重くなる。

インフルエンザ自体は二週間前に治っている。先週来たときには経鼻栄養チューブを外して、これから口から食べ物や飲み物を摂取する嚥下《えんげ》訓練を始めると説明された。

「よくないんでしょうか」清水の顔を窺いながら昌輝は訊いた。

「レベル0のゼリーをほんの少量から試しているんですが、まったく嚥下できない状況が続いていまして……担当から嚥下訓練はとりあえずやめたほうがいいということで」

嚥下訓練は専門家のもと慎重に行われるという。食べ物や飲み物が誤って気管に入ってしまうと、それが原因で誤嚥性肺炎《ごえんせいはいえん》になってしまい、死んでしまうことがあるからだ。

「では、今は点滴だけで？」

清水が頷く。

「他に栄養を補給することはできないんでしょうか」

「胃瘻《いろう》という方法もなくはないですが」

「胃瘻……」

「腹壁を切開して胃に管を通し、そこから栄養を流入させます。ただ、法輪さんは九十一歳とご高齢ですのでリスクも高いです」

「そうですか……」

「法輪さんの状態を見ながら、また嚥下訓練が行えるようでしたらしたいと思いますが……」そう言いながら難しそうな顔つきをしている。

「もし、このままの状態……嚥下ができない状態が続いたら、父はどのぐらい……」

父の余命はどれぐらいなのか。

「それは一概には言えません。ただ、このままの状態が続けば一ヵ月ぐらいで……」

重い気持ちで診察室から出ると昌輝は病室に向かった。ドアをノックして病室に入り、ベッドで寝ている父に近づく。

先週会ったときよりもさらに痩せ細っていた。入院してからの二週間は経鼻栄養で、それからの一週間は点滴だけだ。

父は目を開けて窓のほうを見ていた。

昌輝は父の視界の先に立ち、無理に笑顔を作って「調子はどう？」と訊いた。

父が小さく頷く。口を開いて何か言ったようだ。顔を近づけて「何？」と訊き返す。

「いつ……退院できるんだ……？」

細く震えた声が聞こえた。

「しばらくは難しい。ここでゆっくり休んで……」

「こ……このまま死ぬのか？」

昌輝の言葉にかぶせるように父が言う。

「何、弱気なこと言ってるんだ。大丈夫だよ」

力を振り絞るようにして父が片手をこちらに伸ばす。

「アレを……アレを持ってきてくれ……」

「アレ？」

「わたしの……大切な……アレを……」

必死に訴えかけてくるが、父の求めているものが何なのかわからない。

もしかしたら母と文子の遺影だろうかと思って問いかけると、「それも……」と小さく頷く。

「それもっていうことは他にあるってことか？　アレって……」

「頼む……アレをわたしのそばに……アレをそばに置いて……死にたい……」

こちらに視線を据えて訴えてくるが、それが何であるかがわからず、もどかしい。

「わたしを……導く……ものだ……」

五十年以上親子でいるのに、父が死ぬ前に何を求めているのかもわからない。

苦しく、悔しい。

疲れたようで言葉は発しなくなったが、訴えかけるようにじっとこちらを見つめる父の視線に耐えられなくなり、「ちょっと外の空気を吸ってくる」と言って昌輝は病室を出た。

エレベーターで一階に行ってドアに向かう途中、「法輪さん――」と後ろから呼び止められた。

振り返ると、栗山がこちらに向かって駆けてくる。白い花束を抱えていた。

「よかった、お会いできて」

「見舞いに来てくださったんですか？」

昌輝が言うと、栗山が頷く。

「何度かお伺いしたんですが、ご家族でないと面会できないと言われて……でも、ご家族のかたが許可してくださるならもしかしたらと」

「それで何度も来てくださったんですか？」

「携帯にご連絡したんですけど、つながらなかったので……」

父の携帯は放置したままだからバッテリーが切れてしまったのだろう。

「すみませんでした。それにしても律儀なかたですね」

栗山が首をひねる。

「赤の他人でしかない父のためにそこまでしてくれて」

「違うんです」栗山が首を横に振る。「どうしても法輪さんにお会いして、赦していただきたくて……」

「赦し？」

「法輪さんだけではなく君子さんのご家族に」

「どういうことですか？」

「翔太があの事故を起こしたのはわたしにも原因があるんです」

栗山を見つめながら絶句する。

「そのとき、わたしと翔太は付き合っていました。あの夜、翔太がお酒を飲んでいたのを知っていたうえで、今すぐ会いに来てくれなければ別れるとメールしたんです」

「あなたが飲酒運転をそそのかしたということですか？」

栗山が首を横に振る。

「飲酒運転するとまでは思っていませんでした。ただ、彼とわたしの家は電車で四駅離れていたんですけど、わざわざ終電を過ぎた時間に連絡をして彼を試すようなことをしたので……わたしにも……本当に……申し訳ありませんでした……」栗山が深々と頭を下げる。

「車で行くのを選択したのは籬でしょう。それに母を車で撥ねたのに停まることなく逃げたのも籬だ。あなたがそこまで責任を感じることはないでしょう」

「わたしも最近まで心の中でそう言い訳していました。ずるい人間でした。でも、法輪さんと接していて、そのかたの奥様があの事故の……と知ってから……自分も大切な家族を奪われたらと想像すると……」辛そうに栗山が顔を歪める。

もしかしたら息子のことを考えているのだろうか。

「そのメールを送った罪悪感があるから、今でも籬と付き合っているんですか？」

昌輝は訊いたが、栗山はこちらを見つめたまま黙っている。

いくら昔付き合っていたといっても、警察に逮捕されて五年近く刑務所にいた男とよりを戻そうとはなかなか思えないはずだ。しかも子供がいればなおさらだ。

「今は付き合っているわけではなく、あくまでも友人関係です」ようやく栗山が口を開いた。

「そうですか」

「もちろん自分自身の罪悪感があって、翔太に立ち直ってほしいと思って、友人関係を続けています。それに……」栗山がそこで言葉を濁して顔を伏せた。

急かすことはせずに次の言葉を待っていると、「……子供なんです」と言って栗山が顔を上げた。

「拓海は翔太の子供なんです」

昌輝は言葉を失った。

「……ただ、彼は自分に子供がいることを知りませんし、知らせるつもりもありません。事故を起こしたとき、わたしは妊娠していて……それであんなメールを送ってしまったんです。彼もわたしも罪を犯しました。だけど、自分の子供にこれ以上恥じるような生きかたをしたくないですし、子供の存在を知らなかったとしても彼にもそうしてほしくない。だから法輪さんにお会いして謝りたいんです」

「あいにく父はまともに話せる状態ではありません。あなたのことを覚えていないかもしれませんよ」

　先ほどは比較的意思の疎通ができたが、認知症と衰弱によってなのか支離滅裂なことを言うことが多くなっている。

「それでも……どうかお願いいたします」栗山がふたたび頭を下げる。

「わかりました」

　昌輝が言うと、はっと栗山が頭を上げた。

　栗山とともにエレベーターに乗り込むと、栗山が抱えた花束に目を向けた。

　そういえば母は白い花が好きだった。

「お花、ありがとうございます」

「いえ……奥様が白いお花が好きだったと法輪さんから聞いていましたので……法輪さんの具合はいかがですか？」

「決してよくありません……」

「インフルエンザの他にも何か？」

「嚥下ができないんです。水一滴さえ。あ、嚥下というのは……」

「わかります。わたしが働いている病院はご高齢のかたが多いので」

　そういえば探偵事務所の調査報告書に栗山は桶川の病院に勤務しているとあった。

エレベーターで三階に行くと、「ちょっと待っててください」と栗山に断ってナースステーションに寄った。事情を説明して看護師から許可を得ると、栗山を病室に案内する。

ドアを開けて中に促すと、栗山が病室に入ってベッドに近づいていく。そこに寝ている父の姿を見て衝撃を受けたのが表情から察せられる。

「栗山さんがお見舞いに来てくださったよ。コーポ住吉にいるときに料理をごちそうしてもらったんだろう」

昌輝は言ったが、父は反応を示さないまま窓のほうを見ている。栗山がベッドの向こう側に回り込み、持っていた花束を棚の上に置いて父に顔を近づける。

「わたしのことを覚えてらっしゃるでしょうか。栗山です」

父は反応しない。やはり彼女のことを覚えていないようだ。

「一〇二号室の籬翔太の部屋によくいました」

その名前を聞いて、父の肩がぴくりと動いた。

「籬翔太はわかりますか？　あなたの奥様を死なせてしまった……」

父が小さく頷く。

「わたしは彼の元恋人です。あの事故を起こしたときに付き合っていました。籬翔太があの事故を起こしたのはわたしにも原因があるんです。本当にごめんなさい……大切な奥様の命を奪うことになってしまって……本当にごめんなさい……どうしてもそれが言いたくて……」

話しているうちに栗山の目が涙で潤んでいく。

「まがき……しょうたは……」

父のかすれた声が聞こえた。

「彼と……会わなければいけない……」

必死に訴えかけるように父が枯枝のように細くなった手を栗山に向けて伸ばす。

「彼も心の中で詫び続けていると思います。だから……彼のことを赦してあげてもらえないでしょうか……わたしにとって大切な人なんです。どうか、どうかこれ以上彼を苦しめないでください……」

「わたしが……いなくなったら……彼は苦しまないですむのか……？」

「どういう意味でしょうか？」栗山が問いかける。

「まがき……しょうた……会わなければ……死ぬ……死ぬ前に……」

それまでの言葉でエネルギーを消耗しきったのか、父が伸ばしていた手を垂らす。

ベッドを回り込んで父の顔を見ると目を閉じている。

「疲れて寝てしまったようだ。花は後で活けますので、行きましょうか」昌輝は栗山を促して病室を出た。

栗山とともにエレベーターに乗り、一階の出口に向かった。

「今日はありがとうございました」

昌輝は見送りの言葉を言ったが、栗山はドアの前に立ったまま外に出ようとしない。ためらいがちに口を開く。

「彼が面会するのを許していただけないでしょうか」

栗山を見つめ返しながら逡巡した。どんなに父が求めていることとはいえ、ふたりを引き合わせるのは怖い。

だが、同時に先ほどの光景が頭から離れないでいる。籬翔太に会わなければならないと絞り出すように訴えていた。

死ぬ前の父の最後の願いのように感じられた。

「面会するのはいいけど、家族が立ち会っているときでないと抵抗がある」

明後日の午前中に大事な会議があるので明日中には名古屋に戻らなければならない。

「明日の夕方までならわたしはここにいるので」

「わかりました。必ず来るように翔太に伝えます」

17

渡された封筒の中身を確認して受け取りのサインをすると、横っ腹に鋭い痛みが走った。封筒を上着のポケットに突っ込み、片手で横っ腹を押さえながらゆっくりと外に出てマイクロバスに乗り込む。

空いていた窓際の席に座り、帽子を深く被り直して外に目を向けた。漆黒の車窓に映る自分の傷だらけの顔を見つめる。

おれはどこに行くんだろう。いや、どこにも行けないんだろうな。

まっとうに生きることもできず、かといって悪に染まりきることもできない。

自分の過去に怯えながら生き続け、社会の底でひとり寂しくやり過ごすしかない。

からだに振動を感じて、携帯を取り出した。画面を見て怪訝に思う。

綾香からメールが届いている。

連絡があったのはいつ以来だろうか。前園と会う前に電話で話したのが最後だから三週間は経つだろう。

メールを開いて、はっとした。

『今すぐに会いに来てくれなければ別れる』

どういうつもりだろう。そもそも昔のように付き合っているわけでもない。

メールを見ながら自分を呼んだ理由を考える。おそらく法輪のもとに謝罪に行こうと誘うつもりだろう。それしか思いつかない。

『どういうつもりだ。別に付き合ってるわけじゃないだろう』

メールを送るとすぐに返信があった。

『永遠の別れという意味よ』

その文字が目に入り、胸が詰まりそうになった。

今すぐ会いに行かなければ、もう二度と会うことはない——

さらにメールが届いた。

『翔太のアパートの前で待ってる。今すぐに来て』

最後になるかもしれない綾香からの言葉を見つめながら、どうすればいいか迷った。

アパートの近くにたどり着くと、一〇二号室のドアの前に人影があった。

綾香だ。

緊張しながら翔太がさらに近づいていくと、こちらを見ていた綾香がはっとした。

「どうしたの？　その顔……」表情を歪めて綾香が訊く。

「ちょっと転んで怪我しただけだよ。それよりいったい何だよ。こんなところに呼び出して」

「ずっとここに帰ってなかったの？」

「帰れるわけないだろう。法輪がいつ襲ってくるかわからないんだから」

「法輪さんはもうここには来ないよ。だから自分で会いに行くしかない」

「どういうことだ？」

「法輪さんは三週間ほど前にインフルエンザに罹って入院した。それは治ったけど、食べ物も飲み物も摂取できないでいる。点滴だけで生きながらえてる……あとどれぐらい生きられるか、もしかしたらすぐにでも亡くなってしまうかもしれない」

「だから何だよ」

「このままでいいの!?　今、謝らないと永遠に法輪さんにはその思いは伝わらないんだよ」

亡くなった人には何も伝えられない――

父が亡くなったときに感じた思いを噛み締める。

だけど……

「病院にお見舞いに行ったら……法輪さん、翔太に会いたがってた」

おそらく綾香は謝罪に赴いたのだろうが、自分にそんな勇気は持てない。

それは綾香の自責の念と自分のそれとでは天と地ほども違うとわかっているからだ。

自分は人を撥ねたと認識しながらそのまま走り続けた。ハンドルを握った手に伝わった感触と女性の叫び声が、今でも自分の脳裏とからだにべったりとこびりついて離れない。

「衰弱したからだで翔太に会いたいと必死に訴えかけてきた。翔太は法輪さんに襲われそうなったって言ってたけど、わたしにはとてもそうは思えない。奥さんの仇を討つために翔太に付きまとっていたとはどうしても思えない……」

「どうしてそんなことが言えるんだよ！」

「はっきりとはわからない。ただ、翔太に会いたいって訴えてきた法輪さんの目に怒りや憎しみはまったく感じなかった。むしろ願い……のようにわたしには感じられた。法輪さんは上尾総合病院に入院してる。明日必ず会いに行って」

たしかに自分に危害を加えるのであれば刃の折れたナイフではなく、新しいナイフで襲ったほうが確実だ。

それに、それだけ衰弱しているのであれば、会いに行ったとしても命の危険にさらされる心配はないかもしれない。だが、言葉という刃《やいば》で自分の心を刺し貫くことはできるだろう。

「この前も言っただろう、おれはいいって。もうじゅうぶんだって！」

「人生にとって貴重な時期は二十代だけじゃないよ！」綾香が叫んで激しく首を振る。「違う。それから先のほうがずっと貴重なんだよ。わたしたちは取り返しのつかない過ちを犯してしまった。でも、それでも子供に少しでも誇ってもらえるような大人にならなきゃいけない。なってほしい」

子供に少しでも誇ってもらえるような――

その言葉の意味がまったくわからず、戸惑いながら視線をさまよわせる。

「どういう意味だ？　何だよ、子供に少しでも誇ってもらえるようにって……ぜんぜん意味がわかんねぇ……」

「あのときできなかった大切な話をするね」

自分の言葉を遮るような声にびくっとして、綾香に視線を据えた。じっとこちらを見つめていた綾香が口を開く。

「わたし、妊娠してたの。どうすればいいか翔太に相談したかった。それであんなメールを送ってしまった」

綾香に対する自分の思いを確かめたくて、飲酒しているのを知ったうえであのメールを送ったと以前話していた。

「そ、それで……」

それからのことを訊くのは怖くてしかたがないが、訊かずにはいられなかった。

「翔太が刑務所に入った後に産んだ。拓海っていう男の子よ」

頭の中が真っ白になった。かたかたと歯が小刻みに擦れ合う音だけが耳もとに響く。

「翔太に頼るつもりはない。拓海にも翔太の話はしていない。だけど、人の親として、翔太には本当の意味で立ち直ってほしい。そのためには……」

「嘘だ……嘘だ……!」

声を張り上げると、綾香がドアを開けて部屋の中に入っていく。

しばらくするとドアが開いて綾香が出てきた。綾香が胸に抱いている眠った子供を見た瞬間、得体の知れない感情が突き上がってきて我を忘れそうになった。ドアに向かって走り出し、綾香の横をすり抜けて部屋に駆け込む。ドアを閉めてすぐに内側から鍵とチェーンをかける。

「翔太、開けて――まだ話は終わってない――」

その声を無視して、靴を履いたまま奥に向かう。

自分が……こんな自分が父親だなんて……

奥の部屋に入ると畳の上に鞄を放って座った。膝に顔を埋めてひたすら時間が過ぎるのを待つ。

まるであのときのようだ。

事故を起こして自室に戻ってきたときもずっと同じようにしていた。

何も聞きたくない、何も思い出したくない、何も受け入れたくないと――

翔太は膝に埋めていた顔を上げた。どれぐらい時間が経ったのかわからないが、あたりは静まり返っている。

おそらく綾香たちは帰っていっただろう。

綾香が胸に抱いた子供の姿が頭から離れない。

父は生まれたばかりの翔太を初めて見たときどんなことを思っただろう。ふと、そんなことを想像した。自分のように取り乱したりしなかったはずだ。父は立派な人だった。

父さん、おれはどうすればいいんだろう。

今、謝らないと永遠に法輪さんにはその思いは伝わらないんだよ――

わかってる。そんなことはわかってる。

だけど……怖い――

もうすぐ死ぬかもしれない法輪に会うのが怖くてしかたがない。

恨みの言葉を浴びせかけられた後に死なれたら、自分を苦しめる亡霊がまたひとつ増えるだろう。

でも……

どうすればいいんだろう。

父さん、おれはどうすればいいんだ――

ふと、あることを思い出して鞄を引き寄せた。中から封筒を取り出す。

父が自分に向けた最後の言葉だ。

今の今まで読むのが怖くて封を切っていない。今も怖くてしかたがない。でも、父の自分への思いはもうこの中にしかない。

翔太は震える手で封を切り、中に入っている便箋を取り出した。うねるような筆跡の文字に目を通していく。

『翔太へ

おまえが事故を起こしてから、面会にも行かず、今まで連絡をとらずにすまなかった。

父親としてたくさん伝えなければならないことがあったはずなのに。

今も、おまえに伝えたい、伝えなければいけないことがたくさんあると思う。

だけど今は、それを考える頭も、体力もなさそうだ。だから簡単に書くよ。

わたしを反面教師にしてほしい。

おまえが事故を起こしてから、わたしはずっと逃げてきた。親の責任から、翔太から、家庭から、仕事や世間から逃げてきた。

そんな生活を続ける中で、お父さんはひとつ気づいたことがあった。

笑うことができなくなった。

そうなんだ。逃げ続けているかぎり、人は心から笑えなくなるんだと思う。

罪を犯した息子にこんなことを求めたら、被害者のご遺族に申し訳が立たないが、

父親としては、いつかおまえが心から笑えることがあってほしいと願う。

父より』

父の書いた文字のいくつかが滲んでいく。

翔太は便箋を折り畳んで封筒に入れると、あふれ出る涙を袖口で拭った。

父は自分のことを思ってくれていた。病床で苦しみ、もうすぐ死ぬかもしれないと思いながらも、翔太の未来を考えてくれていたのだろう。

綾香の胸で眠る子供の姿が脳裏によみがえってくる。

自分はそうできるだろうか。自分の人生が尽きる最後のときまであの子のことを思えるだろうか。

あの子が将来、どうしようもなく苦しいことや、どんなに悩んでも自分ひとりでは答えが出せない試練にぶち当たったとき、自分は父のように何かを伝えられるだろうか。あの子にとって大切な何かを。自分にそんな資格があるのか。

父親としては、いつかおまえが心から笑えることがあってほしいと願う――

父からの最後の言葉を頭の中で何度も繰り返す。

いつかあの子にそんな姿を見せられることはあるのだろうか。

そうなりたい。そうなれるためにどうすればいいのか。考えるまでもなく父が示してくれている。

逃げてはいけない。

どんなに責められようとも、それで心がどんなに傷ついたとしても……

明日、法輪に会いに行こう。

そして、あの老人の思いをすべて受け止めるのだ。たとえそれがどんなに激しい憎しみや悲しみや怒りであっても。

自分はそうされるだけのことをしてしまったのだから。

病院に入ると、足をすくませながらロビーに向かった。ベンチから立ち上がった昌輝に気づき、翔太は近づいていく。

「先日お会いしたときには驚きのあまり言えませんでしたが……本当に申し訳ありませんでした」翔太はそう言って深く頭を下げた。

「こんなところでやめてくれ。こっちだ」

顔を上げると、昌輝がこちらから視線をそらして歩いていく。翔太はその後に続いてエレベーターに乗り、三階で降りた。ナースステーションに立ち寄った後、病室に案内される。

無言のまま手で中に促され、翔太は部屋に入った。ベッドに目を向けると法輪は窓のほうを見ているようだ。

「親父……籬……さんが来たよ」

昌輝に法輪の視線の先に行くよう手で示され、翔太は窓際に向かった。枕元に立ち、法輪に目を向けた翔太は息を呑んだ。

目の前の法輪は前に会ったときとは別人のようにやせ細っていた。呼吸することさえ、目を開いていることさえ、辛いのではないだろうかと感じられる。

「籬です。お会いするのが遅くなってしまって申し訳ありませんでした。自分の……あの、自分の……」

言葉がつながらない。どんな言葉をもってしても、自分の罪を詫びようもないことはわかっている。

深々と頭を下げると、法輪の傍らに置かれた紺色のセーターが目に留まった。

法輪の部屋でこのセーターを見たとき、これを編んだという妻の姿を想像した。自分が死なせた女性だと痛感させられ、胸がかきむしられる。

「ごめんなさい……自分の……自分の身勝手な行為で、あなたの大切な人の命を奪ってしまいました……本当に申し訳ありません……」

「親父、わかるか。お袋を車で撥ねて死なせた加害者が詫びているよ」

昌輝の声が聞こえる。

それに続いて、「まがき……しょうた……」と小さな呟きが耳に響いた。

翔太は法輪と視線を合わせようと、その場で正座した。

「以前お話ししましたが、僕は父を亡くしました。病気でしたが、それでもどうしようもなく苦しく、悲しかったです。法輪さんとご家族の皆様にはそれ以上の……いえ、言葉では言いようのない苦しみや悲しみを与えてしまったと思います。どんなことを言われても、されても、きちんと受け止めなければいけないと思ってここに来ました。本当に申し訳ありませんでした……」

法輪はこちらを見つめたままほとんど反応を示さない。翔太のことを覚えているのかどうかすらわからない。

翔太は鞄を開けてタオルに包んだものを取り出した。タオルを解いて中にあるナイフを法輪のほうに掲げる。

「おい！」と窘《たしな》めるような昌輝の声が聞こえたが、かまわず口を開いた。

「これで、あのとき僕にしたかったことをなさってください」

その細い腕では自分を殺すことまではできないだろうが、傷つけられるぐらいは当然だと覚悟している。

法輪が細い手をこちらに伸ばして必死にナイフをつかもうとする。ナイフの柄を握らせた瞬間、それを見る眼差しに力が宿ったように感じた。

「昌輝……彼とふたりにしてくれ」先ほどまでの弱々しさが嘘のようにはっきりした口調で法輪が言った。

「何言ってるんだよ。そんなこと……」

法輪がこちらから昌輝のほうに顔を向ける。

「おまえが心配するようなことはしない。絶対にしないから。頼む、彼とふたりにしてくれ」

戸惑ったように昌輝がベッドからこちらに視線を向ける。

大丈夫ですと翔太は頷きかけた。

「わかった。外にいるから、何かあったらすぐに呼んでくれ」

法輪ではなく翔太に向けて言ったようだ。

ドアを開けた昌輝が振り返って法輪のほうに視線を向ける。何かを訴えかけるような強い眼差しで法輪に頷きかけてから、部屋を出てドアを閉めた。

「椅子に座ったらどうだ？」法輪がこちらに視線を戻して言った。

「いえ……ここで結構です」

「そうか。君はわたしの妻を殺したのか？」

じっと法輪に見つめられ、視線をそらしたくなるのをこらえる。

「僕が奥様を死なせてしまいました……」

無言のまま法輪がこちらを見つめる。

綾香が言っていたようにその眼差しからは怒りや憎しみは感じられない。むしろ憐《れん》憫《びん》のようなものに思えた。

「苦しいだろう……」ようやく法輪が呟く。

何も言葉を返せないまま法輪と見つめ合った。

「苦しくないか……自分の心を偽ることが」

自分の心を覗き込まれているようで、背筋に冷たい感触が走る。

「わたしは苦しくてしかたがない……」法輪が手に持ったナイフを見る。「この銃剣にはたくさんの人の血がこびりついているんだ」

銃剣——

その言葉に導かれるように、法輪の顔から手に握ったものに視線を移す。

「二十歳のときに中国に出征して、そこで多くの人をこの銃剣で……」

「戦争……ですよね」

「そうだ、戦争だ……だが殺《あや》めた人のほとんどは、罪もない市民だった。自分を殺そうとした相手でも、大切な人を殺そうとする相手でもない……そのときは上官の命令は、天皇の命令、神の命令だと言われ、それに従った。わたしは敵に足を撃たれて負傷し、日本に帰還して、終戦を迎えた。中国に残っていた仲間は裁きにかけられて罪を懺悔《ざんげ》したと、ずいぶん後になってから知った」

法輪の話を聞きながら翔太は戸惑った。妻を死なせた翔太を責めるでもなく、おそらく人にしたくないような話をわざわざ自分に聞かせる理由がわからない。

「わたしは裁きから逃れ、自分の悪行を隠して生きていくことができた。わたしがしてきたことは鬼畜にも劣ることだ。だが、犯した行為は鬼畜だが、残念ながら心は鬼畜になり切れなかった。君は亡霊を見るか？」

ふいに訊かれ、意味がわからないまま法輪を見つめ返す。

「君が命を奪った妻の亡霊だ」

言葉を返せないまま、毎晩のように現れる光景が脳裏に浮かぶ。

苦しい……助けて……ブレーキを踏んで……と耳もとで訴えながら、爛れた顔で近づいてきて、自分の心臓に向けて手を伸ばしてくる亡霊の姿だ。

「亡霊を見るんだな。そうだろう？」

「……見ます」

翔太が呟くと、法輪が頷きかけてくる。

「そうでなければ君と話をしたいとは思わなかった」

「どういう意味ですか？」翔太は訊いた。

「わたしと同じように心は鬼畜になり切れないということだ。あれから七十年以上経ってもいまだに、わたしも亡霊を見る。自分が殺した者たちの亡霊……名も知らない、もはや知ることもできない人たちの亡霊を。亡霊が現れるたびに、わたしは言い訳した。わたしも戦争によって傷ついた……わたしも被害者だと……時代が悪かった……あのときの日本という国が悪いんだと」

たとえ飲酒運転していたとしても、雨が降っておらず、あのときナナが鳴き出したりしなければ、あんなことにはならなかった。運が悪かったのだと、自分もそう思っていた。

「だが、いくら言い訳しても亡霊は消えてくれなかった。わたしはその苦しみから逃れるためにヒロポンに頼った」

今でいう覚せい剤であることは知っている。

「昔は市販薬として売られていてな。製造が中止されてもわたしはやめられずに密造品を探し求めた。小学校の教師という仕事に就き、二十九歳で君子と結婚し、文子という子宝に恵まれてからもずっと……」

「文子さんは棚の上に置いてあった遺影のかたですか？」

法輪が頷く。

「わたしが家で子守りをしているときに、急に具合を悪くしてそのまま亡くなってしまった」

理由はわからないが二、三歳で、しかも自分の目の前で子供を亡くすのはさぞや辛かっただろう。

「そのときわたしはヒロポンをやっていて恍惚《こうこつ》の中にいた。そのせいで文子の異変に気づいてやれず、死なせてしまった。いや、わたしが殺したようなものだ。自分の罪悪感を偽ろうとしたせいで、ふたたび悪い行いに手を染め、そして自分の命よりも大切だと思っていた娘を失ってしまった」

自分も罪悪感を薄めるために前園たちとつるもうとして、危うくふたたび罪を犯すところだったと思い出す。

「どうしてこんな罪もない幼子の命を奪ったんだ、どうして罪深いことをした自分ではないんだと、わたしは心の中で叫んだ。すると、どこからか声が聞こえてきた。自分が死ぬことよりもさらに苦しいことをわたしに望んだのだと。それがわたしへの本当の罰だと。声の主はわたしが殺めてきた者たちの亡霊だと悟った」

法輪の気持ちが少しだけわかるような気がする。

父が亡くなったとき、それは自分に対する罰のように感じた。

「そのことがあってから、わたしはきっぱりとヒロポンをやめ、誰よりも善良に生きることを求めた。それでも赦してはもらえなかった。さらにわたしを苦しめようと、亡霊は長年連れ添ってきた君子を奪っていったんだ。君子は高熱を出したわたしのために氷を買いに行った帰りに……しかも、最後に君子の顔を見ることさえ叶わなかった」

法輪を見つめながら、身を切られるような痛みに苛まれる。

「奥様の命を奪ってしまったのは僕です」

翔太の言葉に、法輪がゆっくりと首を横に振る。

「心の問題なんだよ。亡霊は実在しない。亡霊は心の中にいるんだ。罪を犯し、自分の心を偽る者は、不幸なことが起きれば自分への報いだと思ってしまう」

自分もそう思うのだろうか。これから大切な人を失うたびに、法輪のように自分のせいではないかと苦しむことになるのか。

これから生きていくかぎり、ずっとそう思ってしまうのか。

それが人の命を無残に奪ってしまった自分への本当の罰だと。

母や敦子や綾香や、そして昨日一目見たばかりのあの子の姿が脳裏をよぎる。

「このまま心を偽り続ければさらに自分への報いがあるのではないかと思った。いつ死んでもおかしくないわたしへの最後の報いは、残された家族をわたしが死ぬ前に奪われること。そして、あの世に行っても君子や文子に会えないことだ。だから自分が生きている間に、誰かに自分がしてきた罪を告解したかった。だが、家族にはとてもできるものじゃない」

「どうして僕だったんですか？」

「わたしと同じく罪深い人間だからだ。ただ、それだけではだめだった。わたしと同じように自分の罪に苦しんでいる者でなければ話すことはできない」

同じように罪を犯していたとしても、自分の苦しみを理解できる人でなければ話しても意味がないということだろう。

自分と同じく人を殺していても、心が通じ合うことのなかった前園を思い出す。

「罪の意識に苦しめられているかどうかを確かめたくて、君に近づいた。アパートに移ってからずっとそれを知るきっかけを探していたが、なかなか見つからなかった。そんなときに部屋の蛍光灯が点滅し始めた。今から思うと、あれは天国にいる君子からの計らいだったんじゃないかと思う……そして、君になら話せると思った。いや、話すべきだと……」

「どうして僕が罪の意識に苦しめられていると？」

「お父さんの臨終に立ち会えたのかと訊くと、君は首を振って泣いた。そして『自分だったらよかったのに』と呟いた。文子と君子が亡くなったとき、わたしが思ったことと同じだ。だけど、あの時点でこれらの話をするのは君にとって残酷に思えて……少し時間を置こうと思っているうちに……」

認知障害が激しくなってしまったのだろう。

「今まで誰ともできなかった話を君としたかった。そして、君に伝えたかった。わたしのように苦しむ前に……もし、大切な人を失ったとき、失うたびに、わたしのように無限の苦しみに苛まれないように……それを、わたしが無残に殺してしまった人たちへの、わたしのせいで死んでしまった君子と文子への、この世でのせめてもの罪滅ぼしにしようと思った」

法輪がそう言って力が抜けたように銃剣を持った手を垂らした。そばにあったセーターを引き寄せ、自分の顔に近づける。

「君子……文子……わたしのせいですまない……」

法輪の頬を流れる涙を見た瞬間、心の中で何かが弾けた。身を乗り出して法輪の手に触れる。

「それは違います！」

翔太が叫ぶと、びくっとしたように法輪がこちらを見る。

「あの事故は僕が……僕が愚かな行為によって引き起こしてしまったんです。決してあなたのせいなんかじゃない。僕があのとき……人を撥ねたと思ったときにブレーキを踏んでいたら……奥様は死なずに済んだかもしれない。だけど、お酒を飲んでいて、信号無視をしていたので……ごめんなさい……本当にごめんなさい……」

自分の声が激しく震え、法輪を見つめる視界が滲む。

「だから、あなたのせいじゃないんです！」

法輪がどんな表情をしているのかはわからないが、触れ合った互いの手が激しく震えているのを感じる。

「わたしは……君子と……文子に……会えるんだろうか……会っていいんだろうか……」

わからない。わからないけれど……

「会えます。きっと会えます」翔太は法輪の手を強く握り締めた。

18

横断歩道の手前で翔太がひとりで佇んでいる。

綾香が近づいていっても翔太は気づかないようで、じっと自分が事故を起こしたらしい場所を見つめている。

先ほど翔太からメールがあり、法輪と話をしたことと、ここで会いたいということを伝えられた。事故現場に赴き、ふたりで法輪君子の冥福を祈るつもりだろうと考え、綾香は花を用意してきた。

すでに信号機の支柱に花束がひとつ供えられている。

「翔太——」

綾香が呼びかけると、翔太がこちらに顔を向けた。

「おれは……おれはここでひとりの女性を殺した」

頷くこともなく、首を振ることもなく、綾香は真っ赤に充血した翔太の目を見つめた。

「ここで衝撃を感じたとき……すぐに人を轢いてしまったと思った」

その言葉を聞いて心臓が跳ね上がる。でも、何も言わず、何もせずに、ひたすら耳を傾ける。

「何かに乗り上げたような感触がハンドル越しに伝わって……雨音をかき消すような女性の大きな悲鳴が耳に響いた……」

そう言って自分の両手を広げて見つめる。

「だけど、おれはブレーキを踏まなかった。バックミラーに映った赤信号を見て、怖くてそのまま走り続けた……」

両手を見つめていた翔太の目に涙があふれる。それを見つめる自分の視界も滲んでいく。

「どうしてあんな酷いことができたんだろう。おれは最低な人間だ……いや……おれは人間じゃない……鬼畜だ……」

「人間だよ！」

綾香が言うと、翔太がこちらに視線を合わせた。

「だから本当のことを話したんだよ」

翔太がその場に膝をつき、泣き崩れる。

綾香はむせび泣く翔太に近づいていくと、目の前でしゃがんだ。花束を持った手を翔太の背中に回して抱きしめる。

その事実をふたりで受け止めよう。

罪を犯した人がどれほどの償いの気持ちを持っているのかは他人にはわかりようがない。口ではどんなことでも言えるし、一時であれば反省の態度を示すこともできるから。

だからこれからの一生をかけて自分が翔太を見つめ続けていく。自分も一緒に背負って、寄り添っていく。自分の罪とともに。

エピローグ

雲ひとつない青空の下で車窓の外を見つめていると、霊園の出口から黒っぽいスーツを着た男性と黒いワンピースを着た女性が出てきた。

五年ぶりに目にする籬翔太と栗山綾香は遠目からでも大人っぽくなっているように見えた。

やはりあのふたりだったかと昌輝は納得した。

毎年、父と母の命日にそれぞれ久美と墓参りをしていたが、昨年の母の命日には久美の都合がつかず、昌輝だけで行った。その後、久美からその三日後に墓参りをしたと連絡がきて、法輪家の墓に花束が置いてあったと聞かされた。自分は花束を持って行かなかったし、墓参りする親戚も他に思い当たらず不思議に思った。しかも母が好きだった白い花だったそうだ。

今年の父の命日、今度は昌輝の都合が合わず、久美と示し合わせて命日の四日後にふたりで墓参りすることになった。すると墓前にまだ新しい白い花束が置かれていた。

そして今年の母の命日から四日間、自分は会社を休んでレンタカーを借り、奇特にもこんな探偵まがいのことをしている。

花束を置いた主が誰なのか、それほど知りたかったわけではない。

ただ……

父と面会した数日後、昌輝のもとに籬翔太を担当した弁護士から連絡があった。そして久美とともに北上尾の実家で籬と会うことになった。籬は自分たちに、警察や裁判で語ったことは嘘で、本当は母を撥ねたと認識したうえで逃げたことと、自分が信号無視をしていたことを話した。そして母の仏前で手を合わせた籬はその場に泣き崩れ、昌輝が声をかけるまで長い間動こうとしなかった。

久美は今まで嘘をついていた籬に憤りを感じたそうだが、昌輝の感想は少し違った。

警察の取り調べや裁判で本当のことを話していたとしても、求刑や判決にそれほど大きな変化はなかっただろう。彼の供述は信用できないということでその判決が下されたのだから。

むしろ自分はどうして五年後の今になって、真実を話す気になったのかということに興味を持った。

あのとき父とどんなやり取りがあったのか、そして病床の父が必死に求めていたアレというのはあの刃の折れたナイフだったのだろうか、という思いとともに。

泣き崩れたまま家を出ていく籬翔太に、けっきょくそれらを訊くことはできなかった。

まあいい、昔の話だ——と、昌輝はキーをひねってエンジンをかけた。

ここで自分が顔を出したらふたりは気まずいだろう。

でも、やはり訊いてみたい。エンジンを止めて車から降りた。ふたりが歩いていくほうに向かって走る。

「籬くん」

昌輝が呼び止めると、ふたりが足を止めた。こちらを向いて少し驚いたように顔を見合わせる。

「ご無沙汰しております」籬翔太が深々と頭を下げる。

「花を供えてくれたのは君たちかな?」

「勝手なことをしてすみません」

ふたりが同時に言って頭を下げようとするのを、「いやいや、それはいいんだ」と止めた。

「ところで、拓海くんは元気にしているの？」

昌輝が訊くと、「ええ」と綾香が頷き、ちらっと籬を見た。

「一緒に暮らしています。ただ、籍は入れていません。僕はずっと『籬』を背負っていくべきだと思うんですけど、ふたりは……」と言って籬が栗山と目を合わせる。

「もういいんじゃないかな」

ふたりが同時にこちらを見る。

「栗山翔太になったらどうだ？　お袋もきっとそう思ってるよ」

事件から十一年間、その名前を背負ってきた。もういいだろう。

籬がうつむく。感情を抑えきれないように袖口で目もとを拭う。

「お袋は優しい人だったから」そう言いながら不覚にも涙ぐんでしまう。

栗山から渡されたハンカチでひとしきり涙を拭うと、「ありがとうございます」と言ってふたりが深々と頭を下げた。こちらに背を向けて歩き出す。

「あ、あのさ――」

昌輝が呼び止めると、ふたりが足を止めて振り返った。

「ひとつ訊いてもいいかな」昌輝は言った。

「何でしょうか」

籬が面会した十九日後に父は亡くなった。

何も口にできず、徐々に衰弱していく様子は痛々しく、見ているのはとても辛かったが、籬と会ってからの父の顔は憑《つ》き物が落ちたように穏やかに感じた。

最後の言葉は家族の誰もがはっきりと聞き取れなかったが、きっと「ありがとう」だった。

今際《いまわ》、父は口もとに笑みを浮かべていた。そして逝《い》った。そんな父の顔を初めて見た。

「あのとき親父とどんなやり取りがあったんだ？」

もしかしたら、あのときのやり取りが何か関係しているのだろうかと、ずっと気になっていた。

「僕を人間に戻してくださった。ただ、それだけです」

この青空を思わせる清々《すがすが》しい笑みを浮かべて彼が言った。

解説

『告解』を読んで

草刈健太郎（カンサイ建装工業株式会社　代表取締役）

私は建設業を営む傍ら、9年前から、日頃より大変お世話になっている方からのお誘いで、少年院、刑務所の出院、出所者の更生を支援するために日本財団が展開する「職親《しょくしん》プロジェクト」に参加しています。「元受刑者」への支援ということで私は当初、「お世話になっている方からのお誘いなので、断ることはできないが、適当にやって、タイミングを見て辞めれば良い」と思っていました。何故かというと、私自身が、誰よりも大切にしていた妹をその夫に殺されるという悲しみや苦しみを体験してきた〝犯罪被害者家族〟だからです。私の中では、「何故、罪を犯した人間の手助けをせなあかんねん！」「罪を犯した人間は一生苦しめばええねん！」などと考えていたからです。

しかしある日、妹の夢を見ました。その夢の中で妹が私に、「元受刑者の更生支援」への関与を強く促《うなが》すのです。目が覚めて私は初めて考えました。元受刑者の再犯率は65%近く。一度罪を犯した人は、多くの場合再犯に至っているのです。その理由は、前科者に対して社会が〝(元)犯罪者〟という先入観、偏見でその人の人格を決めつけ、受け入れることを拒絶してしまい、更生することを目標に社会に戻った元受刑者に対し、更生の機会や、そもそも新たな人生を歩むチャンスを与える体制が整っていないからだということを知りました。

逆に言うと、元受刑者が「社会復帰できる」環境を作ってあげることができれば再犯率を下げることができるのではないか、再犯率が減少するということは被害者を減らすことに繋がるんじゃないか？　ということに気づいたのです。そう思った頃から、妹のような被害者、私たちのような被害者家族を減らすためには、職親プロジェクトはとても意味ある取り組みではないか！　と考えるようになりました。

さらに、これまで多くの受刑者と会って話を聞いているうちに、彼らが罪を犯すことになってしまった背景には、彼らなりの理由があることも知りました。その原因は人それぞれで、衝動的、能動的、受動的、偶発的云々《うんぬん》であるわけですが、いずれにしても彼らが少年院や刑務所から社会に戻った後で真っ当に生きていくためには、働く場所も必要ですし、生活するためのお金も必要です。つまり、社会生活を営む必要があるのです。そのためには、社会も彼らを更生に導いてあげる必要があるわけです。社会が彼らを遠ざけることで彼らを孤立させ、その結果彼らは再犯以外に生きる手段を見出すことができないわけです。

『告解』では、ある程度恵まれた家庭環境のなかで育ち、所謂《いわゆる》一流大学に入学して学生生活を満喫していた翔太が、彼女に一刻も早く自分の本心を伝えたいがために、つい飲酒運転をしてしまうところから始まります。勿論《もちろん》翔太は「飲酒運転で捕まってしまうかもしれない」「事故を起こしてしまうかもしれない」「人を殺してしまうかもしれない」などとは微塵《みじん》も考えずハンドルを握ってしまったのでしょう。しかし、結果として翔太は人を撥《は》ね、その上逃げてしまうわけです。「犬か猫でも撥ねたか？」というのは自己防衛からくる発想であって、実は人の喚《わめ》き声を聞いていたわけです。第三者から見れば「ひどすぎる！」「鬼畜だ！」などという声が聞こえてきそうですが、いざ自分がその立場におかれた時、果たして誰もが同じことをしないと言いきれるでしょうか？　想像もしない問題に出くわしたとき、冷静な判断ができなくなることはよくあることです。事《こと》を起こしてしまってその場は逃げたとしても、事後、冷静に考えてみると「大変なことをしてしまった」と後悔しても、起こってしまったことは映画のように巻き戻すことはできないのです。その後、翔太は逮捕、収監されて懲役に服するのですが、この本では翔太だけではなく翔太（加害者）の家族や友人、被害者の家族や友人、一人一人の立場に立った感情の移り変わりが描写されています。これは、人は自分がおかれる状況、立場によってそれぞれ全く違った感情を抱いてしまうということ、また、人間は所詮《しょせん》自分に都合よく物事を解釈してしまう生き物であるけれど、無意識にすれ違う人達の気持ちさえも考え配慮しながら生きていくことの大切さを伝えたいのではないか、とも感じました。

被害者は当然のことですが、被害者の家族、友人、さらに加害者の家族、友人、周囲の者皆、加害者である翔太本人でさえ苦しみを味わうことになる。

この本では、思いがけない事故によって人命を奪ってしまった少年の更生までの過程が描写されていますが、翔太も「一人では更生することはできなかった」ということが伝わってきますし、母親の応援、父親からの手紙、元彼女の協力、姉からの助言、最後には被害者家族からの言葉によって翔太は本当の意味で更生への第一歩を踏み出すことができたのだと感じました。

「犯罪」と一口に言っても、窃盗、薬物所持・使用、傷害、暴行、殺人等々様々な犯罪があります。また犯罪に至るまでの過程も様々です。しかし、更生に必要なのは、

「人類皆キョウダイ」と言える、そう感じられる社会ではないでしょうか。世の中、孤独を好む方もいらっしゃるようですが、大半の人間は孤独や自分の人生に不満を感じて自暴自棄になってしまったり、自分の事しか考える余裕が無かったり、自分以外の誰かに苦しみを与えることで自分の空白を埋めようとしたり、幸せそうにしている人を妬《ねた》んでしまったりするものです。多くの〝元受刑者〟の皆さんは「自分も幸せな人生を歩みたい」と望んでいるはずです。しかし、その第一歩を踏み出す術を見つけることができなければ、再び間違った道を選んでしまうのではないでしょうか？

どのような事情で受刑者になったとしても、刑期を終え社会復帰を目指そうとする人たちが二度と過ちを起こさないように導ける社会、皆が人を思いやる心を持って生活できる社会に向かっていくことを願いつつ、筆者はペンを走らせたように私は感じました。

本書は小社より二〇二〇年四月に刊行されました。

|著者| 薬丸 岳　1969年兵庫県生まれ。2005年に『天使のナイフ』で第51回江戸川乱歩賞を受賞しデビュー。'16年に『Aではない君と』で第37回吉川英治文学新人賞を、'17年に短編「黄昏」で第70回日本推理作家協会賞〈短編部門〉を受賞。『友罪』『Aではない君と』『悪党』『死命』など作品が次々と映像化され、韓国で『誓約』が35万部を超えるヒットとなる。他の著作に『刑事のまなざし』『その鏡は嘘をつく』『刑事の約束』『刑事の怒り』と続く「刑事・夏目信人」シリーズ、『神の子』『ガーディアン』『ブレイクニュース』『刑事弁護人』などがある。

告解《こっかい》

薬丸《やくまる》 岳《がく》

講談社文庫

定価はカバーに
表示してあります

2022年8月10日第1刷発行

KODANSHA

発行者——鈴木章一
発行所——株式会社　講談社
東京都文京区音羽2-12-21　〒112-8001
電話　出版（03）5395-3510
　　　販売（03）5395-5817
　　　業務（03）5395-3615

デザイン—菊地信義
本文データ制作—講談社デジタル製作
印刷———大日本印刷株式会社
製本———大日本印刷株式会社

Printed in Japan

ISBN978-4-06-528321-9

講談社文庫刊行の辞

二十一世紀の到来を目睫に望みながら、われわれはいま、人類史上かつて例を見ない巨大な転換期をむかえようとしている。

世界も、日本も、激動の予兆に対する期待とおののきを内に蔵して、未知の時代に歩み入ろうとしている。このときにあたり、創業の人野間清治の「ナショナル・エデュケイター」への志を現代に甦らせようと意図して、われわれはここに古今の文芸作品はいうまでもなく、ひろく人文・社会・自然の諸科学から東西の名著を網羅する、新しい綜合文庫の発刊を決意した。

激動の転換期はまた断絶の時代である。われわれは戦後二十五年間の出版文化のありかたへの深い反省をこめて、この断絶の時代にあえて人間的な持続を求めようとする。いたずらに浮薄な商業主義のあだ花を追い求めることなく、長期にわたって良書に生命をあたえようとつとめるところにしか、今後の出版文化の真の繁栄はあり得ないと信じるからである。

同時にわれわれはこの綜合文庫の刊行を通じて、人文・社会・自然の諸科学が、結局人間の学にほかならないことを立証しようと願っている。かつて知識とは、「汝自身を知る」ことにつきていた。現代社会の瑣末な情報の氾濫のなかから、力強い知識の源泉を掘り起し、技術文明のただなかに、生きた人間の姿を復活させること。それこそわれわれの切なる希求である。

われわれは権威に盲従せず、俗流に媚びることなく、渾然一体となって日本の「草の根」をかたちづくる若く新しい世代の人々に、心をこめてこの新しい綜合文庫をおくり届けたい。それは知識の泉であるとともに感受性のふるさとであり、もっとも有機的に組織され、社会に開かれた万人のための大学をめざしている。大方の支援と協力を衷心より切望してやまない。

一九七一年七月

野間省一

講談社文庫 最新刊

森 博嗣
萩尾望都 原作
トーマの心臓
〈Lost heart for Thoma〉
愛と死と孤独に悩む少年たち——。萩尾望都の名作コミックを森博嗣が小説化した傑作！

殊能将之
殊能将之 未発表短篇集
『ハサミ男』の著者による短篇集。没後発見された短篇3篇と「ハサミ男の秘密の日記」収録。

西尾維新
人類最強のsweetheart
依頼人は、〝鴉《からす》の濡《ぬ》れ羽島《ばじま》〟で出会った「天才」や「天才の子」で!? 最強シリーズ完結！

町田 康
記憶の盆をどり
名手が演じる小説一人九役！ 読む快楽に満ちた、バラエティ豊かな全九編の短編作品集。

二階堂黎人
巨大幽霊マンモス事件
雪に閉ざされたシベリア。密室殺人と幽霊マンモスの謎に、名探偵・二階堂蘭子が挑む！

リー・チャイルド
青木 創 訳
奪還(上)(下)
不自然な妻子拉致事件の真相を追え！ 映像化で世界的に人気のアクションミステリー。

講談社タイガ

内藤 了
呪《じゅ》街《がい》
〈警視庁異能処理班ミカヅチ〉
警視庁異能処理班。彼らは事件を解決するのではなく、処理する。まったく新しい怪異×警察小説！

講談社文芸文庫

大澤真幸

〈世界史〉の哲学 1 古代篇

解説=山本貴光

おZ2

978-4-06-527683-9

資本主義の根源を問う著者の破天荒な試みがついに文庫化開始！　本巻では〈世界史〉におけるミステリー中のミステリー＝キリストの殺害が中心的な主題となる。

大澤真幸

〈世界史〉の哲学 2 中世篇

解説=熊野純彦

おZ3

978-4-06-528858-0

「中世」とは、キリストの「死なない死体」にとり憑かれた時代であった！　誰も明確には答えられない謎に挑んで見えてきた真実が資本主義の本質を照らし出す。

講談社文庫　目録

山田風太郎　風来忍法帖〈山田風太郎忍法帖⑪〉
山田風太郎　新装版戦中派不戦日記
山田正紀　大江戸ミッション・インポッシブル〈顔役を消せ〉
山田正紀　大江戸ミッション・インポッシブル〈幽霊船を奪え〉
山田詠美　晩年の子供
山田詠美　A《エイ》2《トゥ》Z《ズィ》
山田詠美　珠玉の短編
柳家小三治　ま・く・ら
柳家小三治　もひとつま・く・ら
柳家小三治　バ・イ・ク
山口雅也　落語魅《ミ》捨理《ステリ》全集〈坊主の愉しみ〉
山本一力　深川黄表紙掛取り帖
山本一力　牡丹酒〈深川黄表紙掛取り帖(二)〉
山本一力　ジョン・マン1　波濤編
山本一力　ジョン・マン2　大洋編
山本一力　ジョン・マン3　望郷編
山本一力　ジョン・マン4　青雲編
山本一力　ジョン・マン5　立志編
椰月美智子　十二歳
椰月美智子　しずかな日々
椰月美智子　ガミガミ女とスーダラ男
椰月美智子　恋愛小説
柳　広司　キング&クイーン
柳　広司　怪談
柳　広司　ナイト&シャドウ
柳　広司　幻影城市
柳　広司　風神雷神(上)(下)
薬丸　岳　闇の底
薬丸　岳　虚夢
薬丸　岳　刑事のまなざし
薬丸　岳　逃走
薬丸　岳　ハードラック
薬丸　岳　その鏡は嘘をつく
薬丸　岳　刑事の約束
薬丸　岳　Aではない君と
薬丸　岳　ガーディアン
薬丸　岳　刑事の怒り
薬丸　岳　天使のナイフ〈新装版〉
山崎ナオコーラ　可愛い世の中
矢月秀作　A《ア》C《ク》T《ト》〈警視庁特別潜入捜査班〉
矢月秀作　A《ア》C《ク》T《ト》2　告発者〈警視庁特別潜入捜査班〉
矢月秀作　A《ア》C《ク》T《ト》3　掠奪〈警視庁特別潜入捜査班〉
矢野　隆　我が名は秀秋
矢野　隆　戦《いくさ》始末
矢野　隆　乱
矢野　隆　長篠の戦い〈戦百景〉
矢野　隆　桶狭間の戦い〈戦百景〉
矢野　隆　関ヶ原の戦い〈戦百景〉
山内マリコ　かわいい結婚
山本周五郎　さぶ〈山本周五郎コレクション〉
山本周五郎　白石城死守〈山本周五郎コレクション〉
山本周五郎　完全版　日本婦道記(上)(下)〈山本周五郎コレクション〉
山本周五郎　戦国武士道物語　死《し》處《しょ》〈山本周五郎コレクション〉
山本周五郎　戦国物語　信長と家康〈山本周五郎コレクション〉
山本周五郎　幕末物語　失蝶記〈山本周五郎コレクション〉
山本周五郎　逃亡記　時代ミステリ傑作選〈山本周五郎コレクション〉
山本周五郎　家族物語　おもかげ抄〈山本周五郎コレクション〉

2022年6月15日現在